KB131165

가보자고~!

직장인이 꿈은 아니었습니다만?!

직장인이 꿈은 아니었습니다만?!

지은이 꿀별
펴낸이 임상진
펴낸곳 (주)넥서스

초판 1쇄 인쇄 2022년 9월 26일
초판 1쇄 발행 2022년 10월 5일

출판신고 1992년 4월 3일 제311-2002-2호
10880 경기도 파주시 지목로 5 (신촌동)
Tel (02)330-5500 Fax (02)330-5555

ISBN 979-11-6683-375-5 03810

가격은 뒤표지에 있습니다.
잘못 만들어진 책은 구입처에서 바꾸어 드립니다.

www.nexusbook.com

직장인이 꿈은 아니었습니다만?!

꿀별 그림 에세이

넥서스BOOKS

차례

◦ 프롤로그 ◦

어느 신입사원의 태세 전환

아, 나는 진짜 회사원이 되기 싫었다.

특별한 인생을 살고 싶었다. 뻔한 회사원은 되고 싶지 않았다. 매일 규칙적으로 생활하며 상사의 업무 지시를 받아야 하는 직장인이 되기 싫었다. 옆에서 친구들이 열심히 스펙을 쌓을 때조차 묘하게 나는 다른 길을 갈 것이라 생각했다. 종종 지하철에서 마주하는 지친 기색이 가득한 직장인의 모습은 다른 세상의 이야기가 되기를 바랐다. 그런 어른은 분명 내가 꿈꾸던 모습이 아니었다.

그런데 정신 차려 보니 '네넵!' 하며 상사에게 답장하고 있는 나를 발견했다. 출근길 지옥철에서 반쯤 감긴 눈으로 앉을 수 있는 자리를 탐색하는 나를 발견했다. 오 주여, 저는 정말 회사원이 되고 싶지 않았는데 신입사원이 되어 버렸군요. 심지어 상사님의 말도 잘 듣네요. 꿈꾸던 삶도 아니고, 딱히 원하지 않았던 월급쟁이의 삶. 이 삶이 결국 내 삶이 되었다.

회의감이 들자 나는 탈주했다. 내가 원하는 모습을 찾아보겠다며. 이런 걸 보고 신입의 '빤스런'이라고도 한다던데, 나는 입사한 지 얼마 되지 않았던 회사를 일명 빤스런했다.

하지만 혹시나 했던 세상은 역시나 호락호락한 곳이 아니었다. 빤스런의 시간 동안 드넓은 우주에서 좁쌀에 불과한 나 자신을 마주했고, 결국 원점으로 돌아갔다. 다시 이력서를 돌리고, 면접을 보러 다녔다. 그리고 '진짜' 신입사원으로 입사했다. 본격적인 직장인이 되어야 했다. 뜻대로 되지 않는 세상에 어떻게든 맞춰 살아야 했다.

생각해 보면 내가 원하지 않았던 삶을 살게 된 건 이번이 처음은 아니었다. 대학 때의 나도 그리 바랐던 모습이 아니었다. 인간관계도 내가 의도하지 않았던 방향으로 흘러가고는 했다. 시험의 결과, 내가 만든 작업물, 심지어는 나 자신조차 내 뜻대로 하기 어려웠다. 큰맘 먹고 세운 원대한 계획들은 늘 나의 뒤통수를 치고 멀리 달아났고, 당장 해야 할 일들만 눈앞에 남았다. '원하는 대로 사는 것'은 참 쉽지 않았다.

그렇다면 뜻대로 되는 건 딱히 없고, 계획대로 되는 건 가뭄의 콩 나듯 있는 세상에서 나는 어떻게 살아야 할까? 이 질문을 안고 브런치에 글을 썼다. 울며 겨자 먹기로 입사한 신입사원의 심정을 쓴 『신입사원의 부끄러운 고백』이 시작이었다. 나의 글은 대부분이 어릴 적부터 꿈꿨던 특별한 사람은 못 됐고, 돈이 필요해 회사에 간다는 고백이었다. 또한, 비록 원하지 않았던 직장 생활이었지만 이왕이면 잘해 보겠다는 다짐이었다.

운 좋게 모든 여정을 모아 신입사원계의 바이블이 탄생했다. 그렇다. 바로 이 책이다. 죽었다 깨어나도 회사원은 되기 싫었던 어느 신입사원의 태세 전환기이자 아주 부끄러운 고백들.

이 책에는 나 자신으로 살기 위해 방황했던 과정, 회사와 나를 맞춰 가는 과정, 한 치 앞도 알 수 없는 직장 생활을 소화하는 과정, 바깥은 전쟁터일지라도 나만큼은 나의 가장 좋은 친구가 되어 주는 과정을 담았다. 외부에서 오는 것들로 인해 종종 초라해질지라도 스스로를 격려하고, 때론 푹 쉬다가, 다시 앞으로 나아가면 좋겠다는 마음을 담아 썼다.

너무 무서울 때 옆 사람의 잔뜩 졸아 버린 모습이 위안이 될 때가 있다. '아, 나만 무서운 게 아니었구나', '나만 어려운 게 아니었구나' 하며 안도한다.

이 책이 그런 책이 되면 좋겠다. 어른이 되는 게, 직장인이 되는 게, 이 세상에서 나를 지키고 스스로를 사랑하는 게 쉬웠다면 결코 책을 쓰지 못했을 것이다. 비록 두근두근 설레는 고백은 아닐지라도 꽤 유쾌한 고백으로 다가가기를 바란다.

때때로 세상과 타협하더라도

나 자신을 잃지 않고자 글을 썼던 첫 마음을 담아.

2022년 9월

꿀별

1 잃어버린 자아를 찾아서

창문 넘어 도망친 빠꾸대장

"빠꾸대장! 넌 또 빠꾸냐!"

대학교 1학년 때 내 별명은 '빠꾸대장'이었다. 분명 조금 전까지만 해도 잘 놀다 갑자기 가방을 챙겨 귀가하고는 했던 나에게 동기들이 고이 지어 준 별명이다.

사람은 이름 따라간다 했던가. 그 별명처럼 나는 처음에는 술자리를, 나중에는 학과를 빠꾸쳤다. (응? 뭐지, 이 중간 단계 없는 비약은…….) 대충 '전과를 했다'고 쓰고 '전공을 바꿨다'고 읽는다. 남들은 그냥 전공을 바꿨구나 정도로 들을

지 모르겠지만 돌이켜 보면 내 인생에 이만한 전환점은 없다. 이 선택을 계기로 내 삶의 많은 것이 바뀌었으니까.

고등학교 때 나는 '대학 만병통치설'에 홀려 있었다. 대학 만병통치설이란 '대학만 가면~'으로 시작되는 것으로, 대학만 가면 남자친구도 생기고, 하고 싶은 일도 하고, 살까지 빠진다는 신기한 속설이다. 과학 선생님이 하셨던 말씀인데 그 정도의 효능을 볼 수 있는 곳이라면 대학, 안 가는 게 이상한 거다.

그 속설을 순수하게 믿었던 탓일까. 대학에 입학한 후 깜짝 놀랐다. 나는 남자친구가 생기지 않았고, 하고 싶은 일과는 더 멀어졌으며, 체중은 날로 늘고 있었기 때문이다! 속설과 정반대로 향하는 나의 삶에 가장 큰 문제는 전공이 나와 더럽게 안 맞는 데 있었다.

어디서부터 잘못되었을까. 단순히 성적에 맞춰서 대학에 입학한 나의 죄였다. 무려 4년을 공부할 전공인데 말이다. 물론 다른 죄인들도 있다. 대학 만병통치설로 대학만 가면 된다고 강조했던 과학 선생님부터 요즘 뜨는 직업은 무엇이라며 내 적성을 고려하지 않고 추천해 준 주변 사람들. 분명 원서 쓸 때는 다 같이 고민했는데, 나만 혼자 덩그러니 대학을 다니고 있었다.

이런 회의감이 들 때마다 아직도 꿈 타령이나 하는 내가 현실과 동떨어진 것 같았다. '남들은 흥미와 적성이 없어서 이렇게 사는 줄 아냐'고 자신에게 되물었다. 내가 하고 싶은 일의 현장 체계가 얼마나 열악하고 안정적이지 못한지에 대한 기사를 일부러 찾아 읽으며 세상의 팍팍함을 확인하기도 했다. 달리던 노선에서 뛰어내릴 용기가 없어 불행해하면서도 편안한 이곳에 꼭 맞는 사람이 되고자 노력했다.

하지만 근본적인 문제들은 순간을 외면한다고 해결되지 않았다. 대학교 3학년 때까지 나는 진로 '고민'만 계속하고 있었다. 몇 년간 똑같은 고민을 반복하니 지치기 시작했다. 지금까지 그랬듯 모두가 달리고 있기 때문에 나도 달린다면 이 깊은 회의감의 늪에서 벗어날 수 없을 것 같았다.

회의감이 극에 달하자 갑자기 초연해지기 시작했다. 더 이상 이렇게는 못 살 것만 같았다. 나의 길이 아닌 것을 알고도 벗어날 용기가 없다는 이유로 평생 살아갈 자신이 없었다. 세상이 원래 이렇다는 말과 남들의 기준을 근거로 직업까지 선택한다면 스무 살의 내가 느꼈던 당혹스러움을 매 순간마다 안고 살아갈 것이 뻔히 내다보였다. 내 선택임에도 불구하고 또다시 남 탓하게 될 상황들이 그려졌다.

그렇게 나는 최후의 빠꾸를 던졌다. 바로 중도 휴학을 하고 편입을 결심한 일이었다. 순탄하지 않았지만 주어진 길을 꽤나 성실히 따라왔던 내 삶에 작은 경고창이 떴다.

경로를 이탈하였습니다.

지금, 여기, 행복

2015년 3월 3일 3시 53분, 오랫동안 투병 생활을 했던 엄마가 돌아가셨다. 은근 미신을 잘 믿던 사람이라 숫자 '4'를 유독 싫어했는데, 엄마는 참 엄마가 좋아할 것 같은 시간에 세상을 떠났다. 나는 그날 처음으로 외할아버지가 우는 걸 봤다. 외할아버지는 어린아이처럼 발을 동동 구르며 말했다.

"그렇게! 아등바등! 살았는데!"

아등바등. 이 말처럼 우리 엄마의 삶을 잘 표현해 줄 단어가 또 있을까. 날이 갈수록 늘어나는 약봉지, 스스로 감당해내기 힘든 통증, 꿉꿉하고 질척한 가난, 다정함 없는 대화. 내가 기억하고 있는 엄마의 삶은 이런 것 투성이였다.

엄마가 돌아가신 날, 나는 삶이 이토록 짧고 허망하다는 사실에 충격을 받았다. 그리고 우리 가족이 견뎌 온 불행에 대해 생각했다. 오랜 투병 생활을 버텨 온 대가가 이런 이별이라면 도대체 우리는 왜 그 시간을 견뎌 왔던 것일까. 무엇을 위해서.

허무함으로 가득 찬 마음속에 작은 결심이 섰다. 나는 절대 아등바등 살지 않겠다고. 인생은 이렇게 짧고 덧없으니까 지금, 여기, 행복하고 재미있는 삶을 살겠다고.

결심이 무색하게, 그 후 나는 지독히도 아등바등 살았다. 다시 학교로 복귀했고 19살 수험생답게 열심히 공부했다. 내 인생에서 가장 소중한 사람이 이 세상에 없는데도 벚꽃은 아름답게 피었고, 친구들은 웃으며 학교생활을 했다. 그리고 세상은 잘만 돌아갔다.

그때부터 내 안에는 두려움이 생겼다. 뚜렷하게 목표하는 전공은 없지만 대학에는 가야 할 것 같은 불안감, 내 앞가림을 스스로 해야 한다는 부담감, 남들만큼은 살고 싶다는 조바심. 나는 주변을 둘러볼 틈 없이 달려야 했다. 그렇게, 지금 하고 싶은 일보다는 해야 할 일들로 하루하루를 채워 갔다.

대학에 가서는 한숨 돌리나 싶었지만, 또 다른 할 일들이 넘쳐 났다. 심지어 이제부터는 진로를 선택해야 했다. 나에 대해 고민할 기회도 없었는데, 나 자신과 맞는 진로를 찾아야 했다.

이때쯤 나는 알고 있었다. 더는 질주할 수 없다는 것을. 그래서 도망쳤다. 사실 편입 준비는 허울에 불과했다. 나는 대학이라는 곳에서 벗어나고 싶었다.

편입 시험 준비를 기점으로 내가 원하는 삶을 선택하기 시작했다. 지금 하고 싶은 일들을 찾아 하나씩 시도했다. 카카오톡 이모티콘에 도전했고, 웹툰을 그려 공모전에도 나갔다. 둘 다 똑 떨어져 낙심했지만 그 과정만큼은 재미있었다. 여기서 한 가지 추가할 것. 편입도 떨어졌다. 하지만 난 괜찮았다. 왜냐면 전과에 성공했기 때문이다.

마음속에 품어 왔던 일들을 하나씩 도전하면서 나는 나를 가둔 새장에서 나왔다. 새장을 빠져나오기 전, 머릿속에 그려 보고는 했던 최악의 일들은 결국 벌어지지 않았다. 분명 이 길에서 벗어나면 망할 거라 생각했는데 아니었다. 얼마 안 가 새로운 길을 찾았다. 나는 조금씩 지금, 여기, 행복한 삶을 살기 시작했다.

철이 들면 지금, 여기서 행복해야 한다는 생각이 바뀌겠지 싶었다. 그러나 인생의 통제 불가능한 사건들을 맛보면서 오늘의 행복은 놓치면 안 되는 것임을 도리어 배워 간다.

이제는 내 삶이 원치 않는 방향으로 가는 것을 두 손 놓고 보고만 있지는 않을 것 같다. 영원히 살 수 없다는 사실만으로도 오늘 하루는 무척 소중하기 때문이다. 그렇기에 지금 행복한 삶을 어떻게든 찾아 나가고 싶다. 그러면 적어도 죽을 때 후회는 없겠지. 그거면 됐다.

선타투
후뚜맞 전략

'선타투 후뚜맞'이라는 전략이 있다.

이것으로 말할 것 같으면 '먼저 타투'를 하고 '나중에' 부모님께 들키면 '뚜'드려 '맞'자는 뜻의 줄임말이다. 부모의 허락 없이 먼저 타투를 한 후, 나중에 공개해 애정 가득 등짝 스매싱을 맞으면 된다는 것을 의미한다.

지금의 내 삶은 선타투 후뚜맞 전략을 취하고 있다. 인생의 중대한 결정을 내릴 때 먼저 저지른 후 주변 사람들에게 밝힌다. 이 과정에서 가족과 친구들의 허락은 거의 받지 않는다. 오로지 나 홀로 결심한 후 일을 진행한다는 것이 선타투 후뚜맞 전략의 핵심이다.

선타투 후뚜맞을 지향하며 살고 있지만, 나 역시 한때는 주변 사람의 기준, 세상이 정답이라 말하는 것들에 착실히 신경 쓰며 살았다. 나의 선택이 무모하지는 않은지, 또 성공 가능성은 얼마나 되는지 등을 타인에게 묻고는 했다. 그리고 그들의 대답에 의존해 삶을 선택했다.

그런 내가 변하게 된 계기는 주어진 길에서 처음으로 이탈했을 때였다. 진로를 바꾸겠다며 편입 시험을 결심했을 때 주변인들의 말에 나는 흔들렸다. 낮은 합격률, 내가 가고자 하는 길이 안정적이지 않다거나 취업 시장에서 전공과 학교는 더 이상 중요하지 않다는 것 등 다양한 이유가 있었다.

특히 나를 사랑하는 사람들은 내가 다치지 않기를 바라는 마음에 더욱 뜯어말렸다. 나를 위해 하는 이야기를 들을 때면 괜한 시간 낭비를 하는 건 아닐지, 내 발로 나를 망치는 길로 가고 있는 것은 아닌지 무서웠다.

불안이 사그라든 것은 한 전화 통화에 의해서였다. 한창 편입 시험을 준비하고 있을 때 지인에게 전화가 왔다. 그녀는 공무원 시험 준비가 잘되고 있는지 물었다. 나는 공무원 시험이 아닌 편입 시험이라 답했다. 나를 사랑하는 그녀는 뭘 그런 일을 하냐며 빨리 졸업해서 취업이나 하라고 권했다.

얼마 후 또다시 그녀에게서 연락이 왔다. 공무원 시험과 편입 시험의 차이를 설명했던 것이 무색하게 지인은 공무원 시험은 잘되고 있냐고 되물었다. 조금은 황당한 상황에서, 그녀가 나의 진솔한 이야기를 듣고 싶은 건 아닐 것 같다는 생각이 문득 들었다. 체념하는 마음으로 '공무원 시험은 떨어졌고 그 과정에서 너무 상처를 받았으니 다시는 물어보지 말아 달라' 부탁했다.

통화를 끊고 깨달았다. 내 인생의 중대한 결정에 대해 나는 24시간 고민한다면 타인은 5분도 채 하지 않는다는 것을. 그렇기에 이것을 타인에게 물어볼 이유도, 진지하게 생각해 달라 부탁할 필요도 없다는 것을. 나를 제일 잘 아는 것은 나이며, 나만큼 내 앞길을 걱정해 주는 사람은 없었다. 이 경험 덕분에 나는 타인에게 내 앞날을 물어보지도, 점쳐 달라 부탁하지도 않게 됐다.

돌이켜 보면 나는 인생의 중대한 선택을 모두 타인에게 맡겼다. '난 뭘 해야 할까?', '뭘 좋아할까?' 같은 질문은 다른 누군가에게 해야 하는 것이 아닌 자신에게 물어야 했던 말이었다.

그들은 종이에 캐릭터를 그리며 행복해했던 내 어린 시절을 모르고, 도전하며 산다는 강연자의 말에 콩닥콩닥 뛰는 나의 가슴을 모른다. 약간의 삐딱선을 타며 고집부리는 사람들을 보며 흥미로워한다는 것도, 조용히 글을 쓰며 라테를 마시는 순간이 가장 행복하다는 것도 모른다. 나의 원초적인 욕망과 결핍, 내가 진짜 원하는 삶을 아는 사람은 오로지 나 자신밖에 없다.

그렇기에 나는 오늘도 타인에게 묻기보단 내 자신의 허락을 기다려 본다. 이 모든 길을 감당하고, 불안정한 모습도 삶의 한 부분으로 받아들일 수 있는지, 책임질 수 있는지를 끊임없이 묻는다.

방금도 슬쩍 물었는데 안 된다고 한다. 아무래도 오늘 저녁으로 치킨은 못 먹을 듯싶다.

New 전략
선 치킨 후 뱃살

좋아하는 일 안 하는 시간엔 어차피 넷플

나는 '월간 윤종신'을 좋아한다. 월간 윤종신에서 아는 노래라고는 <좋니>밖에 없지만, 한동안 월간 윤종신 관련 인터뷰는 꽤 찾아봤다.

월간 윤종신은 가수 윤종신 님이 한 달에 한 번씩 노래를 발매하는 프로젝트다. 윤종신 님은 빠르게 변하는 차트 트렌드에서 몇 년 간 준비하고 발표한 노래들이 금방 잊히는 것에 회의감을 느꼈다고 한다. 그래서 누가 좋아하든 말든 나는 월에 한 번씩 곡을 내겠다는 전략에 기반해 월간 윤종신을 시작했다. 나중에 노래 <좋니>가 빵 터졌을 때, 그는 월간 윤종신을 시작한 그 자체보다 3년간 꾸준히 해왔던 것이 신의 한 수라 이야기했다.

자신만의 전략을 세워 좋아하는 일을 지속한 월간 윤종신은 나에게 큰 영감을 주었다. 팍팍한 현실에서 좋아하는 일을 놓지 않고 지속하기란 어려운 일이기 때문이다.

처음 좋아하는 일을 시작했을 때 느낀 당혹스러움을 아직도 잊을 수 없다. 좋아하는 일임에도 불구하고 그 일을 하는 시간이 아까웠다. 해야만 하는 토익 공부에는 3시간을 투자해도 전혀 아깝지 않았다. 하지만 내가 좋아하는 그림을 그리거나 이야기를 만드는 일에 투자하는 시간은 아까웠다. 좋아하는 일을 할 때마다 효율성을 따지며 마음속 계산기를 두드리게 됐다. 그때 알았다. 좋아하는 일을 하는 것도 용기가 필요하다는 것을.

시작하기까지 오랜 시간이 걸렸지만, 용기를 내서 인스타그램(@rootoon300)에 웹툰을 연재하기 시작했다. 나는 엄마의 투병 생활을 만화로 그렸다. 내겐 엄마와의 이별을 받아들이지 못해 성인이 되어서까지 따라다녔던 마음의 무게가 있었고, 연재를 하면서 이를 털어 내고 싶었다.

첫 화를 그려서 올렸지만 놀랍게도 아무도 관심을 주지 않았다. 세상 사람들은 나에게 별 관심이 없다는 말을 뼈저리게 느끼며 아무도 관심을 주지 않는 만화를 일주일에 한 번씩 업로드했다. 월간 윤종신도 울고 갈 '주간 꿀별'이었다.

처음엔 아무도 관심이 없었던 이 만화는 마지막 화를 그릴 때까지 큰 관심을 받지 못했다. 하지만 나의 솔직한 이야기는 비슷한 경험을 가진 소수의 사람들에게 가닿았다. 그들은 나에게 DM으로 '이런 만화를 연재해 줘서 고맙다', '덕분에 위로를 많이 받았다'는 말을 해 줬다. 신기했다. 내가 그토록 지우고 싶어 했던 기억들이 다른 누군가에게는 위로가 되었다.

나는 연재를 통해 유명한 작가가 되지도, 돈을 벌지도 못했다. 하지만 나의 글과 그림 덕에 위로를 받았다는 말, 그리고 누군가 기꺼이 자신의 이야기를 꺼내 주었던 것으로 충분했다.

좋아하는 일에 죄책감을 느끼지 않는 데까지 많은 시간

이 걸렸다. 좋아하는 일을 함으로써 조금 더 비효율적이고, 수고스럽게 살게 됐다. 하지만 포기할 수 없다. 재미있으니까. 그 안에서 나는 가치를 느끼고 행복하니까. 그렇기에 좋아하는 일을 '어떻게 해야 포기할 수 있을까'가 아닌 '어떻게 하면 지속할 수 있을까'를 고민해 본다.

좋아하는 일임에도 너무 많은 머리를 굴려 왔다. 하지만 몇 번의 경험을 통해 알게 됐다. 좋아하면 그냥 하면 된다는 것을. 어차피 좋아하는 일 안 하는 시간엔 누워서 넷플릭스를 보기 때문이다!

오늘 나의 시도가 망하거나 반응이 없어도 괜찮다. 그 시간엔 왓챠 봤다 생각하면 된다! 내가 좋아하는 일을 했다는 것에 의미가 있다.

그렇기에 이번 주도 주간 꿀별은 계속된다.

애매한 재능

어릴 때 인터넷 소설에 빠진 적이 있다. 『내 남자친구에게』, 『나쁜 남자가 끌리는 이유』 같은. 지금 다시 읽으면 유치해서 콧방귀를 뀔지도 모르겠다. 근데 당시에는 너무 재미있어서 밤마다 옆으로 누워 읽으며 눈물을 찔끔 흘리고는 했다.

열심히 글을 탐독했던 나는 인터넷 소설 카페에 가입해 직접 소설을 쓰기까지 이르렀다. 제목은 '서열 0위 뭐시기……'였던 것 같은데 서열 1위도 아니고 0위인 것을 보면 남주가 무적이었음이 틀림없다. 당시 컴퓨터 앞에 30분 이상 앉아 있으면 바보가 된다는 믿음을 가지고 있던 엄마 덕분에 안타깝게도 제2의 귀여니가 탄생하는 일은 없었다. 하지만 그때의 나는 '나의 것'을 해서 행복했다.

종종 친구들이 너는 어떤 삶을 꿈꾸냐고 물으면, 고민 없이 내 콘텐츠로 먹고사는 사람이 되고 싶다 말했다. 콘텐츠의 범위가 워낙 넓어 딱 한 분야로 국한시켜 설명하기 어려웠지만 나는 진심으로 '나의 것'을 하는 사람이 되고 싶었다.

전과를 하고, 다양한 경험을 쌓아 가면서 어느 정도 좋아하는 일까지는 정리가 됐다. 문제는 내가 뚜렷한 성과를 거두지 못했다는 것에 있었다. 끊임없이 도전했음에도 불구하고 아직 아무것도 완성된 게 없었다. 그때 내가 이룬 것은 반려된 이모티콘과 하다가 만 유튜브, 누군가에게 보여 주기도 뭣한 웹툰이 전부였다.

좋아하는 일을 찾았고, 시도했다. 꾸준히 일상툰도 그려 올렸고, 공모전에도 나갔다. 하지만 점점 알게 됐다. 내 재능은 '애매한 재능'이라는 것을. 나는 이 일을 업으로 삼으

려는 사람들 사이에서 아무것도 아니었다. 내가 한 시도들은 금전으로도, 상장으로도 인정받지 못했다.

그때의 나는 자격지심과 자기혐오로 똘똘 뭉쳐 있었다. 나는 혼자고, 돈도 없다. 다리도 두껍고, 감정 기복도 심하다. 무엇 하나 제대로 가진 게 없다. 이런 내가 아무것도 이루지 못한다면 내 삶이 진짜로 무쓸모한 것이 될 것 같았다. 누군가에게 무엇으로든 내가 꽤 쓸 만한 인간이라는 걸 증명하고 싶었다. 그래서 나는 '좋아하는 일'에 집착했다.

하지만 올인할 정도의 깜냥은 부족했다. 이를테면 웹툰을 준비하는 와중에도 세상이 빠르게 변해 나중엔 내가 들어갈 자리조차 없을 것 같다는 두려움이 있었다. 머릿속으로 계산했다. 그래, 일단 연애를 포기하고, 가족, 친구들의 경조사를 포기하자. 좋아하는 음식도 포기하자.

그렇게 하나하나 지워 나가니 스스로 생각해도 어이가 없었다. 이쯤 되면 꿈이 나를 괴롭게 하려고 있는 건가 싶기까지 했다. 차라리 이 애매한 재능이 없어 일말의 희망조차 없었다면 더 좋았을 텐데 하는 생각마저 들었다.

어느 정도 생각의 정리를 마치고, 대학을 졸업한 후 웹툰 작가 준비를 시작했다. 그런데 2주 만에 때려치웠다. 그림 몇 개를 그리다 보니 느낌이 왔다. 역시 나는 아무것도 아니었고, 내가 그린 그림도 별로였다. 이야기를 만들기 위한 스토리텔링 능력이나 연출력도 없었다. 누군가는 끈기가 부족하다 생각할 수 있지만 이때는 이미 그림을 그리는 순간이 괴로워져 지속할 수 없었다. 내가 좋아하는 일이 나의 생계를 책임질 수 없다는 것에 확신이 생겼다.

이 시간을 통해 '좋아하는 일을 현실에 적용하며 사는 것은 다르다'는 것을 깨달았다. 좋아하는 마음과 그 일이 업이 될 수 있는지는 별개의 문제였다. 무엇보다 이렇게만 살다가는 내가 좋아하는 일이 더욱 싫어질 것 같았다. 나는 나의 애매한 재능을 인정하고, 취업 전선에 뛰어들어야 했다.

취준진담

대학을 졸업했다. 막연히 도피성 미국 인턴이나 워킹홀리데이도 잠깐 생각했는데 코로나19로 취소되었다. 돈 많은 백수가 꿈이긴 했지만 그냥 돈 없는, 빼박 백수가 되어버렸다.

졸업을 하고서야 취업에 필요한 '사람인', '잡코리아' 같은 앱을 깔았다. 문과생의 현실 연봉 따위 알고 싶지 않았는데, 이제 알아야만 했다.

누구에게나 그렇듯 취준생 시절은 자신감이 떨어지기

가장 좋을 때다. 회사를 향한 구애와 거절의 반복이니까. 나 역시 참 많은 회사에 구애했다. 들었을 때 알 법한 회사부터 듣도 보도 못한 회사까지 다양했다.

지원하기에 앞서 회사 소개를 유심히 읽던 중 눈에 들어온 것이 바로 '야근 강요 안 함'이었다. 야근을 안 하면 안 하는 거지, 강요 안 하는 것은 무엇인가? 그런 곳은 왠지 강요는 안 하지만 야근을 해야 할 것 같아 걸렀다.

가고 싶은 회사가 정해지면 잡플래닛의 후기를 찾아봤다. 지원하고자 했던 회사 A는 고인물 대파티가 있다고 한다. 파티는 좋아하지만 이런 파티에는 초대되고 싶지 않으니 거르기로 했다.

회사 B는 압축 성장을 할 수 있는 곳이지만, 본인도 압축될 수 있으니 주의하라고 한다. 급성장을 꿈꾸지만, 아직 압축될 자신이 없어 거르기로 했다.

그렇게 거르다 보니 젠장! 갈 회사가 없다. 남의 말 따위 듣지 말고 나의 길을 가자 했던 대학생 시절의 결심은 온데간데없이 사라지고 원점으로 돌아간 것 같았다. 이전에 사표를 쓰고 나왔던, 인턴으로 일했던 곳이 그리워졌다.

구회사에게

너는 내게 밥도 주고, 종종 깜짝 이벤트도 열어줬는데.. 나는 그런 너를 너무 당연하게 생각했어...

결국 잡플래닛을 전적으로 믿는 것을 지양하고, 빨간 버스를 타고 출퇴근할 수 있는 회사까지 확장해 다시 알아봤다. 그리고 여기저기 지원했다.

얼마 후 면접을 보라는 연락이 왔다. 그곳은 8평 정도 되는 작고 소중한 회사였다. '세상에 이렇게 좁은 회사가 있구나' 하는 생각과 함께 내주시는 음료를 꼴딱꼴딱 마셨다. 맞은편에 있는 칠판은 마케팅 전략으로 가득 차 있었다. 빼곡히 적힌 글씨가 외계어처럼 보여 다른 세상에 온 것 같았다.

간단한 자기소개로 면접이 시작됐다. 내가 정리한 포트폴리오를 상당히 긍정적으로 봐 준 면접관은 회사에 오면 어떤 일을 하게 되는지 차근히 설명해 주었다. 영상 편집, 이미지 제작 등 전반적인 콘텐츠 디자인을 한다고 했다. 비록 작은 회사일지라도 다양한 콘텐츠 업무를 맡을 수 있다는 게 마음에 들었다.

그때, 면접관이 혹시 개인 노트북이 있는지 물었다. 있다고 답하자 그는 개인 포트폴리오를 중요시하는 회사의 분위기를 고려해 개인 노트북으로 일할 것을 권장한다 말했다. 사원들 머릿수보다도 적은, 덜덜대는 컴퓨터 두 대가 흰자로 보였지만 '그러시구나~!' 하며 감탄한 척했다.

이런 내 반응이 뿌듯했던 것일까. 면접관은 스타트업의 자유로운 분위기를 강조하며 소파에 앉아서 일할 수 있다는 말을 더했다. 면접관 너머로 푹 꺼진 가죽 소파가 보였다. 소파에 앉아서 일을 하다간 왠지 남아날 허리가 없을 것 같았다.

마지막으로 그는 회사에 대해 궁금한 것이 있는지 물었다. 어떻게든 머리를 쥐어짜 내는 와중에 아까부터 신경 쓰였던, 왼편에 있는 강아지 케이지가 생각났다. 물어보니 종종 귀여운 족제비를 데려오고는 한단다. 역시 스타트업답게 상당히 개방적인 듯했다. 딱히 공격받은 것은 없음에도 탈탈 털린 듯한 기분으로 면접은 끝났다.

집으로 가는 길에 새삼 인간만큼이나 다양한 회사들이 존재한다고 생각했다. 정말 세상은 넓고 회사는 많았다. 이 와중에도 미스터리한 것이 있다면, 이제 면접도 보고 최종 결정의 단계가 왔는데 아직도 나는 명확히 무엇이 되고 싶은지 모르겠다는 사실이었다. 그냥 이렇게 부딪치고 뛰어드는 게 맞는 것일까. 원래 이렇게 다들 사는 것일까. 그렇게나 방황하고 살았는데 여전히 정해진 게 없었다.

어쨌거나 여러 곳에서 면접을 보며 느낀 것은 회사가 나를 판단하듯 나 역시 회사를 판단해야 한다는 것이었다. 마냥 '나를 뽑아 주세요, 제발!'이 아니라 나도 회사의 분위기를 파악하면서 이곳이 나와 핏이 맞는 곳일지 지켜봐야 한다.

며칠 지나 면접에 합격했으니 출근하라는 문자가 왔다. 소파에 앉아 일하기엔 내 허리는 너무 소중하기에, 감사하지만 다른 회사에 붙었다고 답장을 보냈다. 아무래도 새로운 회사를 찾아봐야 할 것 같다.

절대 회사 인간은 안 돼야지 했다가

내 인생에 자격증은 없을 거라 생각했다. 친구가 취업 준비를 한다며 컴활 공부를 할 때도, 아는 언니가 일러스트레이터 자격증을 준비하고 있다 할 때도 나와 무관한 이야기로 여겼다.

그도 그럴 것이 나는 회사에 입사할 생각이 없었다. 어릴 때부터 멋진 커리어우먼을 꿈꾼 적도 없었다. 오히려 성인이 되면서 꾸준히 접한 회사 생활과 관련된 부정적 이슈 때문에 대학을 다니는 내내 결심했다. '절대 회사 인간은

안 돼야지.'

가끔 친구들이 너는 어느 회사에 가고 싶냐는 질문을 할 때면, 나는 외주나 잔뜩 받으며 일하는 프리랜서가 되고 싶다고 이야기했다. 여행하면서 그림도 그리고 돈도 버는 디지털 노마드이자 자유로운 히피가 되고 싶었다. 그렇게 대학이라는 울타리가 주는 소속감에 묘한 안도감을 느끼며, 막연한 미래에 대고 말했다.

"어떻게든 되겠지!"

시간은 속절없이 흘렀고, 대학을 졸업했다. 운 좋게 바로 한 회사에서 인턴으로 일할 수 있었지만, 불행했다. 한 번도 그려 본 적 없는 내 모습을 보며, 그리고 이제는 진짜 직장인이 되어 계속 일을 해야 하는 나를 상상하니 '이게 내가 진짜 원하던 삶인가?' 하는 의문을 안게 됐다. 회사에서 일하면서 내가 기대했던 모습과 현실의 괴리가 크게 느껴졌다. 더 이상 견디지 못하고 수습 기간이 끝나기 전, 회사를 나왔다.

회사를 나왔으니 이제 내가 원하는 진짜의 삶을 살 수

있다고 생각했다. 그러나 2주도 채 되지 않아 이것이 얼마나 현실 반영이 안 된 오만한 생각인지 알게 됐다. 현실에서 나는 아무것도 아니었다. 외주를 받을 만큼의 실력도 없었고, 잘 브랜딩 된 나만의 스토리도 없었다. 그냥 취미로 브런치나 블로그에 글 쓰는 사람 정도였다.

결국 그렇게 회사원도, 프리랜서도 아닌 백수가 되어 버렸다. 막연히 무언가 만드는 일을 하고 싶었지만, 명확히 정해진 것도 없고, 뚜렷하게 준비된 것도 없는. 어떤 직무가 세상에 존재하는지, 보통 문과 신입사원의 연봉은 얼마인지, 회사의 복지가 왜 중요한지 등 회사에 대한 기본적인 이해도조차 낮은, 그런 준비 안 된 사람이 나였다.

그제야 나 자신이 오롯이 보이기 시작했다. 그림 그리는 사람이 되고 싶다고 했지만 그걸 전문적인 업으로 삼는 것을 진지하게 시도하지 않은, 여행하는 디지털 노마드가 되고 싶다 했지만 역시나 바람으로만 남겨 뒀던, 희망사항 뒤에 숨어 현실적인 문제를 해결하지 않은 무책임한 나를 말이다.

급한 마음을 안고 직무적성 검사를 받고, 다시 회사를

찾기 시작했다. 경쟁률을 보며 황당했고, 전 회사만큼의 조건을 갖춘 곳은 생각보다 적다는 사실에 당황했다. 이력서를 돌리며 생각했다. '아, 진짜 별 회사가 다 있네.'

회사에 지원하고, 불합격을 경험하면서 내가 진짜 원하는 것이 무엇인지 생각했다. 그리고 고민 끝에 눈에 보이는 성장을 할 수 있는 곳, 콘텐츠 만드는 것을 시도하고 배울 수 있는 곳이면 일단 들어가자는 기준이 생겼다. 다행히 집과 가까운 곳에서 첫 회사를 구했고, 직장인의 삶을 시작할 수 있었다. 이제는 마음 편히 커피를 사 마실 수 있다는 생각에 마음이 놓였다.

지금 생각해 보면 나는 언젠가 인생을 바꿔 줄 큰 한 방이 있을 거라 기대했던 것 같다. 내 인생은 뭔가 다르게 돌아갈 거라는 기대 말이다. 하지만 나는 지극히 평범한 사람이었고, 이제는 이상적인 내 모습에서 빠져나와 현실을 직시해야 했다.

그렇게 나의 회사 생활은 시작됐다. 대학을 다니며 절대 회사 인간은 안 되겠다 결심했건만, 아주 그냥 빼도 박도 못할 직장인이 되어 버렸다.

기대하지 않았던 직장인의 삶이지만 프리랜서 마인드로 일하고 있다. 다만 매일 출근해야 하는 회사가 있고, 나인 투 식스로 일해야 할 뿐이다. 다행히 외주는 많다. 아주 그냥 흘러넘친다. 가끔 초과 근무도 있지만, 프리랜서들도 밤샘을 하니 그냥 프리랜서라 치자.

덜덜덜덜
안녕히 계세요. 여러분~!

ㄷㄷㄷㄷ
전 이 세상의 모든 굴레와
속박을 뒤집어쓰고 회사로 떠납니다.

여러분도 행복하세요~~~~

2

어느 신입사원의 부끄러운 고백

ENFP의 직장 생활

직장인이 된 지 몇 개월이 지났다. 시간은 강물을 거스르지 않는 연어처럼 속절없이 흘렀다. 지난 시간 동안 담백한 태도를 유지하며 일하는 것의 중요성을 배웠다. 내가 받은 피드백을 나와 동일시하지 않으면서, 개선을 요구받을 때 맘 상하지 않는 그런 쿨한 태도 말이다.

그런데 사실 뼛속까지 ENFP, 세미 관종인 내가 우리네 인생에서 감정을 배제한다는 것은 쉽지 않다. 게다가 나는 일상 대화의 70%가 상황극과 쓸데없는 말인 딴소리 대마

왕이다. 그래서 나에게 동료들의 팩트만 주고받는 식의 대화는 매번 놀라울 수밖에 없는 일이었다.

지금 생각해 보면 대학생 때까지는 감정에 충실했다. 기쁠 때 약속하고, 화날 때 대답하며, 슬플 때 결심하지 않는, 그런 사람이 나였다. 감정적인 만큼 타인의 피드백에도 감정적으로 대응했다. 한국말은 끝까지 들어 보라 하지만 끝까지 듣기도 전에 감정이 먼저 반응했다.

그러나 회사는 그렇게 할 수 없는 곳이었다. 애초에 내 감정은 중심이 되어서도 안 되고, 될 수도 없다. 일할 땐 회사의 이익을 생각하는 게 옳고, 고객의 관점으로 업무를 진행해야 한다. 무엇보다 회사 생활은 감정이 들어갈수록 피곤해진다. 지난 세월 동안 '나'와 '내 감정'을 중심으로 살았다면 이젠 '회사'와 '고객'을 중심에 둬야 한다.

처음 회사 생활을 시작했을 땐 이 개념을 몰랐다. 그래서 내가 열심히 만든 기획서가 대차게 까이는 데 감정이 상했고, 팩트만 오가는 회의를 보며 섭섭했다. (지금 생각해 보면 최고의 회의다.) 다들 매정한 사람이고 역시 사회는 차갑다고 생각했다. 하지만 회사 생활을 하면서 그것이 당연하고 자연스러운 것임을 배워 간다. 회사는 일하는 곳이고, 우리는 서로 친해지려고 만난 게 아니니까.

신기한 게 있다면 철없고 진지하지 못한 나에게도 회사에 다닐수록 직장인 패치가 장착되고 있다는 것이다. 감정의 대명사이자 F형 인간인 나는 이제 회사에서만큼은 제법 T형 인간으로 보인다.

직장 생활은 다른 사람의 입장에서 세상을 바라보는 나날의 연속이다. 보고서를 쓸 때는 보고서를 컨펌할 상사의 입장을, 광고를 기획할 때는 광고를 볼 고객의 입장을 생각해야 한다. 의사 결정을 할 때도 나의 행복과 재미보다 회사에 이익이 되는지 위주로 판단해야 한다. 한마디로 회사에서 내 감정은 '안물안궁'이다.

내 중심으로 살아왔는데 이젠 다른 사람의 입장으로 끊

임없이 생각해야 한다. 나 하나 제대로 파악하기 어려웠는데 자꾸만 신제품, 소비자, 트렌드를 파악하며 일을 진행하라 한다. 앞으로 내가 직장인으로 잘 살 수 있을까? 통장에 찍힌 월급을 보니, 암요. 그렇게 살 수 있고말고요!

자기중심적으로 살아온 이기적이고 감정적인 인간은 이렇게 직장인이 되어 가고 있다. 제목과 달리 너무 '나' 중심의 글을 써서 전국의 ENFP들이 어이없을지도 모르겠다. 객관적인 ENFP 분석 글을 바라셨다면 경기도 오산입니다만, 그게 또 ENFP 매력 아니겠어요?

여하튼 오늘도 고객 중심의 사고는 그른 것 같다.

5인 미만 잔혹사

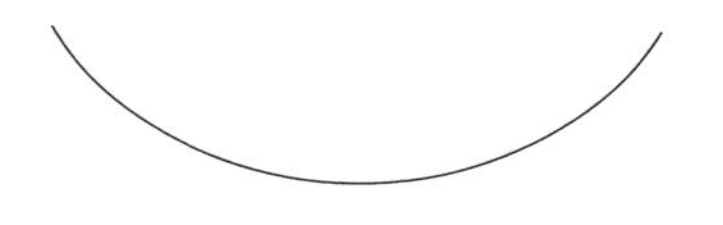

인턴을 시작할 때 셰어하우스에서 지냈다. 그때 함께 지낸 룸메 언니는 나보다 사회생활 경험이 많은 사람이었다. 이제 막 일을 시작한 나에게 정이 갔는지 언니는 어디서도 들을 수 없는 직장 생활 꿀팁을 전수해 주었다. 그리고 종종 당부했다.

"절대 5인 미만 회사는 가지 마."

그렇게 1년 후, 나는 5인 미만 회사에 콘텐츠 마케터로

당당히 입성했다. 심지어 그곳은 가족이 함께 운영하는, 세상 따뜻한 가족 같은 회사였다.

설레는 마음으로 출근한 지 이틀째가 되던 날, 대표님은 아주 심각한 표정으로 직원들을 자신의 방으로 불렀다. 그러고는 말했다.

"매출이 너무 떨어졌어. 회사의 존폐가 달린 일이야!"

나는 너무 두려웠다. 입사한 지 이틀 만에 회사가 망한다니! 이게 5인 미만 회사의 최후인가, 흑흑. 그렇게 멘붕에 빠져 있을 때 그가 덧붙였다. 요즘 광고 성과가 너무 안 좋으니 광고를 찍어 내는 형식으로 진행해 보자고. 6시 퇴근 시간이 지나도 광고를 제작해 업로드하고, 반응이 안 좋으면 바로 내리며 며칠 동안은 밤을 새워서 일하자고.

하지만 퍼포먼스 마케팅은 이런 식으로 몇 시간 만에 성과를 측정할 수 있는 분야가 아니었다. 대리님은 진행할 수 없는 이유를 설명했고, 그날은 그렇게 넘어갔다.

처음에는 위기가 있는 듯했지만 어쨌건 회사는 망하지 않았고, 나는 꽤나 재미있게 일했다. 콘텐츠를 제작하는 업무는 생각보다 나와 더 잘 맞았다. 내가 제작한 회사 채널의 첫 유튜브 영상은 조회 수 1만 회를 넘겼고, 90명이었던 부동의 구독자 수가 100명을 넘기는 쾌거로 이어졌다. 대표님은 따뜻한 미소를 지으며 나를 칭찬했다. 그는 너무 행복했던 걸까. 다음 날 나를 자신의 방으로 불러 말했다.

"일주일에 구독자 100명씩 늘려서 1,000명을 만들어 낼 전략을 짜 와."

아무래도 대표님은 영상을 제작해 올리기만 하면 100명의 구독자가 1,000명으로 뚝딱 만들어질 수 있다 생각했던 것 같다. '제가 그럴 수 있다면 샌드박스에 갔겠지요.' 같은 내면의 소리가 들렸다. 그것은 콘텐츠 회사도 어려운 일이라고 대표님에게 설명한 후, 그래도 최선을 다해 보겠다고 답했다. 그런 내가 어딘가 마음에 들지 않았던 걸까. 다음 날 그는 말했다.

"마케팅은 밤을 새워서라도 완성하는 거야."

입사 때부터 느꼈지만 그는 내가 밤을 새우는 것을 좋아하는 게 틀림없다.

그 후로 별의별 업무 요청이 있었다. 회사의 1년 치 마케팅 전략을 짜는 것부터 시작해서 신사업 마케팅 전략과 유튜브 채널 기획까지 아주 다양했다. 매일 하는 업무의 안정성은 0에 수렴했으며, 대표님의 뜻에 따라 갑자기 일이 진행되기도, 물거품이 되기도 했다. 격일에 한 번은 업무가 바뀌는 곳에서 나는 체계가 없는 회사의 현실을 온몸으로 체감했다.

대표님이 전날 동기부여 강연을 보고 가슴이 뜨거워지면 하루아침에 모든 업무가 바뀔 수 있는 회사. 그곳이 바로 5인 미만 회사였다.

그런 와중, 그는 매일 아침 나에게 업무 계획을 보고하게 했다. 이런 일대일 미팅(이라 쓰고 쪼임이라 읽는다)을 위해 나는 아침마다 수첩을 들고 그의 방으로 들어가 하루의 계획을 전했다. 미팅이 계속되자 어느 날부터 밥이 안 넘어가기 시작했다. 말 그대로 밥을 목구멍으로 넘길 수가 없었다. 삶의 유일한 낙이 먹는 것인 내가 밥을 굶다니. 나조차도 믿을 수 없는 일이었다.

그때 직장인들이 회사를 다니면서 윗사람의 쪼임에 고질적인 정신병을 얻는 이유를 알게 됐다. 내일은 그가 나의 어디를 트집 잡아 쪼아 댈까. 어디를 쫄지는 모르지만 쪼임을 당할 것은 분명한, 그 불확실성과 확실성이 사람을 미치게 했다. 결국 나는 3개월 만에 퇴사했다.

나는 왜 사람들이 5인 미만의 회사를 가지 말라고 입을 모아 이야기했는지 알게 됐다. 모든 5인 미만 회사가 가지 말아야 할 곳이라 생각하지 않는다. 정확히 표현하자면 5인 미만 회사는 '신입'이 가지 말아야 하는 곳이다.

기본적으로 신입은 업무의 이해도가 낮고, 좋은 사수에 대한 기준도 없다. 일을 혼자 계획하고 진행하기에도 한계가 있다. 그렇기에 사람과 체계가 어느 정도 갖춰져 있는 회사에 가야 적응하기도 쉽고, 실무적으로 배워 나갈 수 있다. 매일 파도치듯 업무와 체계가 바뀌는 회사에서 안정감을 가지고 일할 수 있는 직원은 아마 거의 없을 것이다. 회사는 이벤트가 아닌 일상이니까.

비록 3개월이라는 짧은 기간이지만 많은 일을 하면서 나의 적성을 확인할 수 있었다. 또한 사람을 만날 때 그 사람의 인성과 안정감을 보듯 회사에도 명확한 기준이 필요하다는 것을 깨닫게 되었다. 직무만 맞으면 아무 회사나 가고자 했던 어리석은 신입! 이런 나를 계몽시켜 준 X회사에게 마지막 인사를 보낸다.

너의 일은

입사했을 때 불현듯 떠올랐던 생각이 있다. 어른들은 정말 대단한 사람들이구나! 지금보다 열악한 환경과 수직 구조 속에서 꼬박꼬박 회사를 다니고, 귀찮은 출퇴근을 버틴 것이 대단하다. 자아실현의 개념도 제대로 세워지지 않았던 때에 무엇을 바라보고 일을 했던 건지 놀랍다.

취업한 친구들을 만나면 당연히 "일 좀 어때?"로 대화의 물꼬를 튼다. 킬링 타임용으로 이만한 질문도 없다. 하지만 이미 다들 알고 있다. 어떤 날은 입에 담기도 싫은 일상을 보내고 있다는 것을. TMI 대잔치를 벌이는 사이마저 침묵과 처연한 눈빛으로 상황 설명을 끝낸다.

내가 다니는 회사 욕을 하자니 내 얼굴에 침 뱉는 것 같아 차마 못 하는 말이 많다. 또, 사회생활을 하며 맞닥뜨리는 복잡 미묘한 맥락을 구구절절 전하기도 귀찮다. 깔깔 웃고 넘기기엔 지난한 하루가 현실로 와 있고, 나만 힘든 건 절대 아니기에 구차한 설명보다는 짧은 욕설과 긴 침묵으로 서로를 위로한다. 그런 와중에 어쩐지 마음에 콕 박히는 말이 있다.

"그냥 하루하루 버티는 마음으로 다니고 있어."

버티는 마음이라니. 순간 친구가 그 마음을 버려 주기를 바랐다. 물론 알고는 있다. 달콤한 것(이를테면 월급 같은)들은 대부분 끈기와 인내 끝에 얻게 된다는 걸. 존버는 승리한다는 말처럼 위대한 일들은 존버에서 나온다는 걸. 그럼에도 불구하고 일이 마냥 버티는 게 되는 건 어딘가 씁쓸하게 느껴진다.

예전부터 그랬다. 버티면서 산다는 말은 들을수록 '나는 절대 그렇게 살지 말아야지.' 하고 다짐하게 되는 말이었다. 특히 엄마가 돌아가시고, 인생이 영원하지 않다는 걸 깨달았을 때부터 이런 마음은 깊어졌다. 그래서 나는 일하는 시간이 버티는 시간으로만 이루어지지 않기를 바란다. 평일의 대부분이 일하는 시간이고, 심지어 출퇴근하는 시간까지 포함하면 꼬박 하루가 걸리는 셈이니까. 무작정 버티며 보내 버리기에는 소중한 나의 하루니까.

어떻게 하면 버티지 않으면서 일할 수 있을까? 일단 그럴 수 있는 방법은 없다. 애초에 일을 한다는 것은 타인과의 소통, 스스로의 유능을 지속적으로 시험해야 하기에 견디는 부분이 생길 수밖에 없다. 사실 이번 주 직장 생활도 존버에 성공했을 뿐이다.

하지만 존버하며 보내는 이 시간을 그럴싸하게 만드는 방법이 하나 있다. 그건 바로 지금 하고 있는 일의 의미를 찾는 것이다. 일의 의미는 어떻게 찾을 수 있을까? 현재의 상황에서 더 큰 목표를 가지면 된다. 목표를 가지는 순간, 지금 하고 있는 일은 목표를 위한 하나의 과정이 된다. 현재가 미래의 어떤 지점과 연결될 수 있다는 가능성이 일의 의미를 만든다.

거창하지 않은 목표여도 괜찮다. 지금보다 조금 더 나은 자신의 모습을 목표로 갖는 것만으로도 오늘 보내는 고된 하루는 성장하는 과정의 일부가 될 수 있기 때문이다. 일을 하며 열정과 진심을 쏟았다면 그 감각들은 내 안에 오래도록 남을 수밖에 없다. 바로 그 감각이 일로써 성장하는 사람으로 나아가게 만드는 게 아닐까.

여전히 나에게 일하는 시간이 '좋은 날의 끝과 불행의 시작'이 아니기를 바란다. 지금 하고 있는 일이 어떤 형태로든 내가 원하는 삶으로 가기 위한 밑거름이 되어 주면 좋겠다. 때때로 일을 하며 맛보는 통제 불능의 사건들은 가뜩이나 졸아 버린 마음을 한없이 쪼그라들게 만들기도 하지만, 퇴근 시간만 기다리며 사는 삶은 원하지 않는다.

우리 삶에 버려도 되는 시간, 버리면 안 되는 시간 따윈 없다. 지금 현재가 실전이고, 내 삶의 전부다. 내 인생의 모든 시간이 소중하다. 그러니 나는, 적어도 나에게만큼은 이렇게 말하고 싶다. 마냥 버텨야 하는 일은 하지 말라고. 대신 버틸 가치가 있는 목표를 찾아 어떻게든 견뎌 보라고. 그렇게 견디는 시간은 내 삶을 더 좋은 곳으로 가게 해 줄 거라고.

버티는 마음으로 일한다는 친구에게 다음과 같이 말하고 싶다.

"나랑 같이 이직 준비 안 할래~?"

나랑 같이
이직 준비 안 할래~?
똑똑또
똑똑~

사회생활 쪼렙입니다만

사회생활을 할수록 느끼는 게 있다. 사회생활은 어렵다. 그것도 무지하게 어렵다. 이놈의 사회생활엔 정답도, 매뉴얼도 없다. 흔히 말하는 '눈치'가 필요하다. 그런데 또 이놈의 눈치는 현장에서 부딪치고, 눈물 찔끔 나는 실수를 해야는다. 한마디로 야생에서만 기를 수 있다. 그래서 사회생활은 아프고, 어렵다. 이렇게 말하니 14년 차 팀장이라도 된 것 같은데, 입사 1년도 안 된 신입사원입니다만?

회사에선 다들 어려운 단어를 사용해야 직성이 풀리는

듯하다. '금일(今日)'과 '익일(翌日)' 같은 생소한 단어로 굳이 오늘, 내일을 어렵게 표현한다. 처음엔 이런 게 이해가 안 갔다. 하지만 이런 용어를 사용함으로써 자신의 말을 있어 보이게 표현하는 것이 사회생활을 잘하는 방법임을 알게 됐다.

여기서 직장 생활이 어려운 이유가 등장한다. 직장 생활은 너무 솔직해도, 그렇다고 거짓말을 해도 안 된다. 그리고 어느 정도 '있어 보이게' 말하며 자신을 변호해야 한다.

언젠가 업무를 제대로 파악하지 못해서 혼자 다른 결과물을 완성한 적이 있다. 그때 이 상황을 '제곧내. 몰라서 그랬습니다. 죄송합니다'라고 하자니 전혀 있어 보이지 않았다. 그래서 있어 보이게 포장하며 구구절절 쓰기 시작했다.

제가 원래는 업체가 요구하는 바를 수용하기 위해 공지 내려온 것을 잘 읽어 보다가……. '미안하다! 잘못 이해했다!'를 구구절절 설명하고 있는 나를 보며 동료가 말했다.

"솔직하게 말해 봐요! 사실 처음부터 몰랐죠!"

에라이, 걸렸다. 오늘은 비록 걸려서 쪽팔리고 말았지만, 언젠간 이 험난한 사회에서 스스로를 변호하는 방법을 터득하고야 말겠다.

사회생활이 어려운 다른 이유론 관계적인 면도 있다. 직장인들은 만나는 사람들을 선택할 수 없다. 학생 때야 마음이 안 맞는 친구는 안 보면 그만이다. 그런데 직장에서는 마음 안 맞는 걸 넘어 혀를 내두르게 만드는 사람마저 같은 회사를 다니고 있다는 이유로 다음 날 마주 보고 일을 해야만 한다.

나는 사회생활이 어렵다는 것을 관계적인 부분에서 특히 실감했다. 친구는 오래전부터 나를 봐 왔고 잘 알기 때문에 내가 하는 실수를 그냥 넘어가 줄 수도 있고, 어떤 의미인지 파악할 수 있다. 그러나 사회에서는 내가 어떤 의도를 지녔는지는 중요하지 않다. 그저 내가 한 말과 행동이 전부다. "미안해. 나 그런 사람 아닌 거 알면서~?"라고 상사에게 말할 순 없는 노릇이다. 그래서 회사에선 최대한 말을 줄이고 나 자신을 드러내지 않는 게 좋다고 하나 보다.

이런 것들을 누가 하나하나 알려 주면 좋겠다. 현장에서 일대일로 알려 줬다면 나는 난처했던 상황들에 조금 더 어른스럽고 유연하게 대처했을 것이다. 유감스럽게도 상사는 자신의 감정이 얼마나 안 좋은지 이마에 써 붙이고 다니지 않는다. 그저 회사의 분위기를 알아서 빠릿빠릿하게 눈치채고 행동해야 한다.

'사회생활 만렙'이라는 표현이 있던데, 진짜 직장 생활이 게임과 같다면 좋을 것 같다. 공략집만 제대로 읽어도 평균 이상은 될 테니까. 하지만 사회생활 쪼렙의 현실엔 자기를 지킬 빨간 포션 하나 제대로 없다. 그저 엊그제 혼난 일로 자책하고 상심하며 앞으로는 그러지 말아야지 하고 다짐할 뿐이다.

사회생활 쪼렙은 상사의 작은 여유와 친절이 필요하다. 그러니 사회생활 못하는 쪼렙들을 만난다면 안쓰러운 마음을 담아 쩔* 좀 해 주세요. 그들의 실수에 너무 타박하기보다는 애정과 사랑으로!

---

* 온라인 게임에서 상대적으로 레벨이 높거나 스펙이 좋은 유저가 레벨이 낮고 약한 유저와 파티 사냥을 함께해 주거나 몬스터를 대신 잡아 주는 행위를 뜻한다.

쩔좀요ㅠㅠㅠㅠㅠㅠ
ㅠㅠㅠㅠㅠㅠㅠㅠㅠ
ㅠㅠㅠㅠㅠㅠㅠㅠㅠ
@@@@@@@@
@@@@@@@@
@@@@@@@@
@@@@@@@@
입사 3년 차
Vv신입4원vV
1004ㄷH2ㅣ

일잘러가 되고 싶긴 하니?

직장 생활에서 행복을 찾는다는 게 어딘가 동떨어진 것 같지만, 그래도 나는 행복한 직장 생활을 꿈꾼다. 일요일 밤마다 내일의 출근이 막막하기보다는 성장하는 기쁨을 누리며 일할 수 있는 것, 그런 가성비 넘치는 인생을 원한다.

행복한 직장 생활을 위해서는 조건이 있다. 바로 '일잘러'가 되어야 한다는 것이다. 일잘러란 일을 잘하는 사람을 이야기한다. 매일 꾸중 들으면서 행복해할 사람은 없다. 그렇기에 알차고 즐거운 직장 생활을 꿈꾸는 신입사원은 오늘도 일잘러가 되기 위한 방법을 모색한다. 그중 실제 업무에 도움이 된 꿀팁이 있다. 이번 글에선 일잘러 되는 방법 두 가지를 개봉박두 해 보겠다.

• 사소한 실수를 최소화하기

신입은 주어진 일에 실수를 최소화하는 것만으로 충분하다는 말을 들은 적이 있다. 그때는 이 말을 했던 사람이 내가 속한 업계를 이해하지 못한다고 생각했다. 내가 몸담고 있는 마케팅, 디자인 쪽은 신입의 창의적이고 독특한 아이디어와 손맛이 필요한 곳이니까.

그런데 회사에 입사하고 그 사람이 한 말의 이유를 알게 됐다. 업무는 반복되는 일이 대부분이다. 아무리 크리에이티브한 집단일지라도 번쩍이는 아이디어를 내는 건 극히 일부분이고, 기본을 해내야 하는 업무가 더욱 많다.

나는 입사한 후 광고를 제작할 때 편집 마무리가 제대로 되지 않은 영상을 대리님에게 보내 드리고는 했다. 편집을 하다 보면 영상이 잘려 뒤로 밀릴 때가 있는데, 그 꼬리를 제거하지 않고 보낸 것이다. 이러한 상황이 계속되자 대리님은 실수를 반복하지 말아 달라 말했다. 나는 기본적인 것도 제대로 챙기지 못한 스스로가 창피했다. 그리고 그 실수를 다시는 반복하지 않았다.

같은 실수를 반복하지 않는 것은 나에게 조언을 해 줬던 상대의 말을 귀담아들었다는 것을 의미한다. 일로 맺어진 관계일수록 이 또한 존중의 태도이기에 기본적인 것을 지키며 실수를 줄여 나가는 자세가 필요하다.

• 효율적으로 일할 수 있는 방법을 찾기

전문가에게 요구되는 태도 중 속도 역시 중요하다는 말이 있다. 최선의 결과물을 빠르게 낼 수 있는 사람이 전문가인 것이다. 즉, 효율적으로 일해야 한다. 시간을 오래 써야 하는 부분과 쓰지 않아도 되는 부분을 명확히 구분하는 태도가 필요하다.

예전에 포장 일을 했을 때가 생각난다. 의욕 넘쳤던 나는 생활의 달인을 상상하며 무작정 하나씩 담기 시작했다. 반면 다른 직원은 차분히 분류하기 시작했다. 그리고 그렇게 분류된 것들을 하나씩 봉투에 담았다. 그분은 심지어 어떤 위치로 넣으면 봉투에 더 빨리 들어가는지까지 생각하며 일했다. 나는 그를 보면서 일을 진행할 때 무엇이 최선인지, 어떻게 하면 효율적으로 목표를 달성할 수 있는지 끊임없이 생각하는 것의 중요성을 알게 됐다.

기본에 충실하기만 해도 충분히 좋은 신입사원이 될 수 있다. 회사에서 나에게 기대하는 것은 크고 거창하지 않기 때문이다. 하지만 '실수 최소화하기'와 '효율적으로 일하기'를 지키려는 노력에도 불구하고, 때때로 회사 생활이 너무 어렵게만 느껴질 때가 있다.

그럴 땐 그냥 나와 함께 일하는 사람들에게 작게나마 도움이 되고자 한다. 내 옆의 사수에게, 다른 동료에게, 대표님에게 도움이 되고자 한다. 그런 마음으로 일하고 꾸준히 쌓아 나간다면 일잘러 되기, 쌉가능이다.

지금까지 일잘러가 되고 싶은 신입사원의 일잘러 되는 꿀팁을 대방출해 보았다. 생각보다 별거 아니지만, 인생을 살아갈수록 이런 별거 아닌 것들이 더욱 중요하다는 걸 느낀다. 회사를 구하러 온 신입사원은 아니기에 내가 할 수 있는 선에서 무리하지 않고 최선을 다해 보자. 어차피 내일도 출근은 계속되니까.

《 신입사원 꿀팁 》

① 퇴근 5분 전에 조용히 신발 신기

② 말할까 말까 할 땐 절대 하지 않기

③ 회사 간식은 혀로 녹여 먹기

④ 난 왜 이럴까.. 자책 금물!

⑤ 내가 할 수 있는 일과 없는 일 구분하기

→ 이왕이면 할 수 있는 일에 집중!

성과 내는 신입사원

“자네가 만든 이미지가 성과를 냈어. 제품과 상황을 보여 주는 배치와 어그로를 강조한 디자인. 자네의 기획 의도는 대박이야!”

콘텐츠 회의 시간, 내가 제작한 이미지를 꽤나 만족스럽다는 듯 바라보던 대표님이 해 준 말이다. 나는 그런 대표님을 은은한 미소를 띠며 바라보았다. 그러고는 마음속으로 외쳤다.

‘대표님!!!!! 이거 다 그~짓말입니다!’

내가 지금 하고 있는 일은 SNS 광고를 제작하는 퍼포먼스 디자인이다. '퍼포먼스'라는 이름답게 매일 성과가 책정되고 있다. 만들어진 이미지는 '구매 전환율'이라는 결괏값으로 짧은 시간 내에 생명이 결정된다. 한 주간 제작되는 100장 이상의 이미지는 고객의 열등감을 자극하고, 판매까지 이어져야 한다.

그러다 보니 어떻게 하면 내 콘텐츠가 성과를 낼 수 있는지 고민한다. '조금 더 어그로를 끌 수 있는 카피가 필요할까?', '고객님의 정곡을 찌르는 이미지가 필요할까?' 그런데 사실 성과를 내는 것에 왕도가 있었다면, 이 글을 쓰지 않았을 거다. 내 경험상 그딴 건 없기 때문이다!

가끔 내가 만든 콘텐츠가 성과를 내면 기쁨보다는 당혹스러울 때가 더 많다. 힘주고 제작한 이미지는 아무런 반응이 없어 예쁜 쓰레기로 전락해 버리고, 일단 수량이라도 채워 보겠다는 마음으로 타성에 젖어 제작한 게 오히려 고객의 마음을 사로잡고는 한다. 정답도, 왕도도 없는 이곳에서 어찌어찌 성과를 낸 이미지를 보자니 이번 주는 떳떳하게 회사를 다니겠다 싶으면서도 허무하다.

분명한 건, 우리네 인생처럼 성과는 사실 얻어걸린 게 많다는 거다. 전략과 데이터에 기반한 성과를 냈다면 정말 멋졌겠지만, 그냥 만들었는데 고객님을 끌어들인 게 훨씬 많다. 마치 100개 정도 공을 던지면 그중 5개는 운 좋게 골이 들어가는 것처럼. 그렇기에 내가 낸 성과에는 명확한 근거와 기준은 없다.

흥미롭게도 성과가 나면 그럴싸한 의도가 붙는다. 명확히 기획된 카피와 디자인 배치가 된다. 딱히 의도 없는 이미지는 수치적 결과로 이어지는 순간, 서사가 붙는다. 의도가 성과를 만들어 주긴 어렵지만, 성과는 멋진 의도를 만든다.

그렇다면 성과를 낼 수 있는 방법은 없는 걸까? 다행히 그건 아니다. 회사에서 배운 비결이 하나 있다. 한 팀원이 광고 이미지로 소위 대박을 터뜨렸다. 어마어마한 매출을 냈다고 들었다. 점심시간에 그녀가 어떻게 성과를 냈는지 말해 줬는데, 없던 존경심이 생길 지경이었다.

비결은 간단했다. 50장 만들면 될 이미지를 150장 이상 만드는 것! 그럴 필요 없는데 그렇게까지 일해 버렸다. 시도를 많이 하니 당연히 터질 이미지들은 터져 버린다. 절대적 수량이 많으니 얻어걸릴 것도 많아지는 것이다(물론 그녀의 노력이 얻어걸린 것은 아닐 거다).

금요일 저녁, 퇴근하려는데 그 어마무시한 성과를 낸 팀원은 또 어떤 성과를 내고 싶은 것인지 야근을 하고 있었다. 그녀보다 훨씬 돈 못 벌어다 주는 귀여운 신입사원은 월요일로 업무를 미뤄 버리고 칼퇴를 했다.

퍼포먼스 디자인 일을 시작한 지 어느덧 3개월이 넘었다. 어떤 날엔 디자인에 자신감이 붙어 영감에 찬 예술가처럼 이것저것 제작했다가도, 또 어떤 날엔 머리가 리셋이 되어 내가 알던 일이 아니게 된다.

자신감에 찼다가 안 찼다가, 흥이 넘쳤다가 빠졌다가. 성과를 냈다가 못 냈다가. 도대체 한 치 앞도 알 수 없는 한복판에서 내일도 성과를 내기 위한 여정이 이어질 거다. 그리고 딱히 의도도 정답도 없지만 일단 포토샵의 하얀 배경을 채워 갈 것이다. 알 수 없는 성과의 길. 멀고 먼 인센티브의 길을 향해.

퇴근 후 공부하는 MZ세대

지금처럼 직장인이 진로 고민을 하는 시대가 있었을까. 아무리 생각해도 이제는 취업을 해도 끝이 아니다. 취업을 하고 나면 결국엔 다음 스텝을 정해야만 한다. 그도 그럴 것이 우리는 100년을 살아갈 불사조이자, 평생직장이라는 개념이 사라진 시대를 살고 있기 때문이다.

요즘 시대는 '직업'과 '진로'도 구분해서 생각한다. 두 단어는 언뜻 들었을 때는 같은 의미일 것 같지만 사실은 조금 다른 개념을 가지고 있다. 직업은 생계를 유지해 주는 경제

및 사회적 활동이고, 진로는 개인이 생애 동안 일과 관련해 경험하는 모든 것이다. 진로가 조금 더 큰 의미에 해당되고, 직업은 하나의 과정에 불과하다.

현재 내가 하고 있는 일도 그렇다. 직업은 어느 정도 만족스럽고, 배울 것이 많지만 지금 하고 있는 퍼포먼스 디자인 일을 평생 할 수 없다. 10년 후에도 퍼포먼스 마케팅이 버젓이 존재할 거라는 보장도 없다. 그렇기에 이미 직업은 가지고 있지만 급변할 사회에 대비해서 진로를 설계해야 한다.

직장 생활 하나도 벅찬데 또 다른 공부를 병행하며 진로를 설계해야 한다니 정말 빡센 인생이다. 딱히 뭘 하고 싶다는 명확한 목표는 없지만, 뭐라도 해야 할 것 같은 압박감이 든다. 그래서 최근엔 국가에서 지원해 주는 내일배움카드를 받아 코딩 수업을 듣기 시작했다.

디자이너가 갑자기 웬 개발이냐 싶겠지만, 코딩 공부를 하는 디자이너들을 종종 본 적이 있다. 코딩은 온라인으로 제품을 구현하는 일이다 보니 프론트엔드 쪽 직군은 디자인과 비슷한 맥락이 있다. 무엇보다 코딩은 기본 교양인 시대가 되었다고 하니 배워서 손해 볼 것도 없다. 이제 세팅은 완료됐으니 스파르타식으로 배우기만 하면 된다.

근데 젠장, 인강 선생님의 목소리는 언제 들어도 참 졸리다. 쉽게 설명하고 계신다는데 상당히 어렵다. 포토샵은 그냥 마우스로 끌어당기면 이미지가 구성되는데 코딩은 자꾸 뭘 쓰라 한다. 구글에서 따오면 된다는데 죄다 영어다. 벌써 강의가 시작한 지 2달이 되었는데 2주 차에 멈춰 있다. 진도를 나가고 싶은데 나갈 수 없다. 뭔 말인지 1도 못

알아먹고 있기 때문이다.

퇴근 후 공부를 하겠다며 책상 앞에 앉으면 피곤함이 몰려온다. 옆에 있는 침대가 솔솔 말을 건다.

"오늘 하루 고생했어. 많이 힘들지? 여기 와서 안겨~"

그래, 오늘 내가 회사에서 존버한 게 몇인데 잠깐 눕자. 안일한 마음으로 온기가 살짝 도는 장판에 몸을 지진다. 포근한 이불에 정신도 함께 맡긴다. 불현듯 독서실에 앉아 핸드폰만 들여다봤던 중학생 시절이 생각난다. 어른이 돼도 역시 공부는 귀찮구나 하는 생각을 하며 스르륵 잠이 든다.

나약한 행동과는 다르게 급변하는 사회에서 도태되고 싶지 않다. 언제 회사가 사라질지 모른다는, 언제 내가 잘릴지 모른다는 불안이 있다. 하지만 새로운 것을 밀고 가기엔 공부는 여전히 어렵고, 내가 하는 일에 확신은 없으며, 몸뚱이는 편한 것만 찾는다. 혼란스러운 사회에서 넋 놓고 있으면 안 된다는 걸 알지만 당장 오늘의 잠은 꿀처럼 달콤하다. 그 사이 열의를 가지고 신청했던 코딩 수강 기간은 끝났다. 아무래도 새로운 강의를 등록해야겠다.

그러고 보면 평생직장은 끝났다는 말이 맞다. 친구들을

만나도 회사만 열심히 다니고 있는 경우는 드물다. 다들 곁가지로 다른 일이나 공부를 하고 있다. 직장을 다니면서 공무원 시험이나 새로운 자격증을 준비하기도 하고, 재능마켓과 유튜브 채널을 운영하는 등 아주 다양하다.

이들이 마냥 열정이 넘쳐서 그런 건 아닐 테다. 그저 월급만으로는 서울에 내 몸 하나 누일 집 한 채 살 수 없고, 회사는 하루아침에 망할 수 있다는 것을 알 뿐이다. 우리는 그 누구도 나를 보호해 주지 않으며 자신의 직업이 영원하지 않다는 사실을 명확히 알고 있다.

뭔 놈의 진로 고민은 끝나질 않는 건지. 직업을 가져도 여전히 진로 고민은 계속된다. 『수학의 정석』에서 집합 부분만 너덜너덜했던 것을 보면 알 수 있듯, 내 공부 패턴은 크게 변하지 않은 것 같다. 그럼에도 불구하고 다시 새로운 공부를 찔러본다. 오늘 밤도 꾸물대는 몸으로 괜히 책상 앞에 앉는다.

세상의 중심에서 퇴사를 외쳐

"저 퇴사할 거예요."

아침부터 머리를 댕강 맞은 것 같은 기분이다. 맞은편에 앉은 동료는 '점심 돈가스 먹을래요?' 만큼이나 자연스럽게 말했다. 표정을 살피고 싶지만 모니터에 가려져 보이지 않는다. 각자의 일을 하다 보니 자주 소통하지 못해 정확한 사정은 알 수 없지만, 그렇다고 또 새삼스럽다고도 할 수 없는 이별 통보였다.

5인 미만 회사를 떠나 새 회사에 입사한 지 몇 개월이 지났기에 이젠 조금은 익숙한 동료의 퇴사. 맨 처음, 입사한 지 4개월쯤 됐을 때 사수의 퇴사는 아직도 잊을 수 없다. 마치 이별 통보를 받은 것처럼 마음이 쿠궁 하면서, 가수 백지영의 <총 맞은 것처럼>이 BGM으로 깔리는 것 같았다. 구멍 난 가슴에 넘쳐흐를 추억은 없었지만 가뜩이나 버거운 회사 생활을 홀로 헤쳐 나가야 한다니 정신이 아득했다.

동료의 퇴사로 인한 아쉬움 다음에 찾아오는 것은 당연 막막함이다. 이제 동료의 일은 우리 모두의 일이 될 것이다. 그때부터 머릿속으로 할 일들을 계산한다. 그러고 나면 마지막에 이런 말을 떠올리게 된다.

빼박 야근!

보통 퇴사하는 동료에게 그 이유를 묻지 못한다. 회사 내부 사정을 아는 사람들이라면 그 이유는 암암리에 짐작할 수 있다. 그럼에도 불구하고 이별에는 늘 익숙지 않다. 갔으면 좋겠지만 안 갔으면 좋겠다. 시원섭섭하다는 표현이 맞다.

그리고 당연히 나를 생각한다. 나는 언제까지 지금 회사를 다닐 수 있을까. 그 다음은 어떤 일로 나아가야 할까. 물론 이런 생각들은 얼마 지나지 않아 휘몰아치는 일과에 서서히 잊힌다.

갑작스러운 동료의 퇴사를 보고 있자니 불현듯 나의 퇴사가 떠오른다.

"대표님…… 저 퇴사해야 할 것 같아요."

5인 미만 입사 3개월 차. 나는 이제 딱 시작인 것 같을 때 이별을 고했다. '하겠습니다'도 아니고 '할게요'도 아닌, '해야 할 것 같아요'. 지극히 모호한 말이 튀어나왔다. 회사에서는 두괄식으로 명확하게 또박또박 말하려 했는데 일단 이날은 실패했다.

고민한 게 무색할 정도로 이별은 쉬웠다. 입사는 나름 피 말렸던 기억이 있는데 퇴사는 말 몇 마디면 뚝딱할 수 있는 거였다. 당시 나는 내가 할 수 있는 일이 없어서 퇴사했다. 경력이 없는 내가 혼자 기획하고 프로젝트를 밀고 나갈 수는 없었다.

이게 나의 첫 퇴사는 아니었다. 그 이전에도 퇴사를 했다. 그때 나는 인턴이었고, 대행사에서 기획서를 작성하는 일을 했다. 부끄러워서 아무에게도 말 못 했지만, 나는 기획서 안에 있는 크리에이터가 되고 싶었다. 나는 내 것을 하고 싶었다. 그래서 나왔다.

이렇게 쓰고 보니 모든 퇴사에는 다 이유가 있다. 이유 없는 이별이 없는 것처럼, 나의 퇴사 그리고 동료의 퇴사에는 이유가 있다. 원하는 연봉을 받지 못해서, 사람이 안 맞아서, 적성에 안 맞아서 등 모두 각자만의 이유로 퇴사를 한다.

종종 인간관계처럼 회사와도 만남과 이별을 반복하는 걸 보면 우리 모두는 경험해 봐야 아는 존재들이 아닐까 싶다. 사람도 만나 봐야 아는 것처럼, 회사도 가서 겪어 봐야 알 수 있다. 그 경험을 통해 상처도 받고, 후회도 하지만 그만큼 나와 더 맞는 조건들을 찾아 나설 수 있다.

만남과 헤어짐을 계속 반복했을 땐 1년 동안 입사만 3번 했다. 그해 나는 본의 아니게 친구들 사이에서 '프로 퇴사러'라는 별명을 얻었다. 누군가는 오래 버티지 못하고 떠나는 나를 못마땅해했다. 그런 시선은 퇴사를 위해 내가 했던 많은 고민들을 한없이 작아 보이게 만들었다.

하지만 나는 내가 어디가 부족하고 어떤 걸 채우며 성장해 나가야 할지 누구보다 빠릿빠릿하게 포착하는 사람이라 생각한다. 그리고 지금까지 그 부분들을 채우기 위해 스스로 맞는 업무와 회사를 찾아 나섰을 뿐이다. 물론 이 과정에서 상처도 받았지만 이전보다는 훨씬 나와 맞는 회사를 찾아갈 수 있었다.

여전히 이별은 어렵다. 떠나간 사람, 남겨진 사람 모두 유쾌하지 않은 게 퇴사라는 이별이다. 그럼에도 불구하고 우린 모두 더욱 필요한 것을 알아 가는 과정에 있다. 직장생활을 통해 나와 지지리도 맞지 않은 업무, 사람, 심지어는 삶까지 확인하고 있다. 목적이 명확하다면 퇴사 역시 하나의 선택에 불과하다.

이렇게 쓰고 보니 지금 다니고 있는 회사와도 언제 이별할지 모르겠다. 분명한 건 헤어질 때의 나는 또 다른 목적을 가지고 있을 거라는 사실이다. 그리고 이전과는 다른 사람이 되어 있겠지. 이 정도면 거의 연애가 아닌가 싶지만. 모든 퇴사자의 설렘과 불안이 공존하는 밤을 응원한다.

3

브라보 회사 라이프!

너 MBTI가 뭐니?

MBTI 성격유형검사가 오랫동안 사람들의 관심을 받고 있다. 그냥 심리테스트로 치부하기에는 여러 밈으로 환영받고 있고, 심지어는 회사에서도 관련 주제가 등장한다. 이런 걸 보면 온 국민이 MBTI에 진심인 것이 틀림없다.

나 역시 MBTI에 진심인 편이지만 N형과 S형의 차이를 이해하는 건 어려웠다. N형은 직관형, S형은 감각형이라고 하던데 어쩐지 한 방에 와닿지 않았다. 그런데 나와 정반대 성향의 동료와 소통하면서 N형과 S형의 차이를 알게 됐다.

N형인 나는 일할 때 별의별 생각들이 머릿속을 떠다닌다. 엊그제 친구와 나눈 사소한 대화부터 몇 년 전 경험한 재미있는 일들, 심지어는 슬펐던 일이 갑자기 기억나 일하다 말고 눈물을 흘린 적도 있다. 한평생 공상 없는 하루를 보낸 적 없는 나는, 생각을 안 하는 게 불가능한 사람이다.

반면 S형 동료는 일하면서 잡생각을 하지 않는다. 그는 종종 생각이 없는 상태가 가능하다고 말했다. N형 인간이 별안간 쓸데없는 공상에 빠질 때, S형 인간은 이따 먹을 점심 메뉴를 고민한다. 이런 N형과 S형의 차이가 가장 극명하게 드러날 때가 있다. 바로 밸런스 게임을 할 때다.

완벽한 이상형인데 돈이 없는 사람
vs 내 스타일은 아닌데 돈이 엄청 많은 사람
(feat. 람보르기니도 사 줌)
둘 중에서 누구를 만날래?

얼토당토않은 조건에 N형 인간은 묻는다. "헤어질 순 없는 거예요?", "둘 다 안 만나는 건 안 돼요?", "내 스타일은 돈이 얼마나 없길래 그래?" 반면 S형 인간은 묻는다. "아니, 이게 도대체 무슨 의미가 있는 거야?", "이걸 왜 고민해야 해요?" 고민할 가치 없는 대화로 고통받는 S형 동료를 보자니, N형인 나로서는 아주 짜릿하다.

스몰토크로 요긴하게 쓰이는 MBTI이지만 의외로 많은 회사와 직장인들이 이것에 진심이다. 실제로 면접을 볼 때

MBTI가 무엇인지 질문으로 나오기도 했고, 본인의 MBTI를 기재해 달라는 채용 공고도 본 적이 있다. 동료들과 대화할 때 끊이지 않고 등장하는 주제이기도 하다.

나는 MBTI를 알게 되면서 우린 모두 다른 인간이라는 것을 이해할 수 있었다. 예전에는 나와 상대가 다르다는 것을 받아들이기 어려웠다. 그래서 다른 것을 틀린 것으로 보기도 했다. 하지만 MBTI를 통해 개개인은 태생적으로 다르다는 것을 알게 됐고, 관계에서 발생하는 오해를 이전보다는 유하게 받아들일 수 있었다. 서로 다른 사람이 모인 직장 내 관계에서도 마찬가지였다. 각자의 MBTI를 알고, 특성을 파악하는 것은 동료를 이해하는 데 도움이 되었다. 특히 '너와 나는 다른 사람'이라는 MBTI의 대전제를 인지함으로써 우리의 다름에 예민하게 반응하지 않을 수 있었다. 덕분에 직장 내 관계에 의연한 태도를 유지할 수 있게 됐다.

물론 MBTI로 사람을 재단하는 건 경계한다. 하늘 아래 같은 핑크색 없듯, 같은 MBTI임에도 다른 성격을 가진 무수히 많은 사람들이 있다. 우린 모두 일관성 없는 인간인지라 사람과 상황에 따라 무한정으로 바뀔 수 있다.

이에 동의라도 하듯 한 동료는 자기는 MBTI를 절대 안 믿는다고 목에 핏대를 세워 가며 이야기했다. 개개인은 모두 다른데 어떻게 사람을 16가지의 성격으로 분류할 수 있냐 물었다. 근데 그분의 MBTI를 해석해 주자 “어 난데, 어 맞아, 진짜 그래, 나야 완전!” 이런다. 마지막에는 소름이 돋는단다. 나 원 참. MBTI 회의론자도 5분 만에 설득해 버리는 마성의 MBTI. 이러니 안 믿으려야 안 믿을 수가 없다.

밥 잘 사 주는 예쁜 회사

출근하자마자 하품을 거하게 하고 있는데 카톡이 뜬다.

[오점무]

'오점무'라 하면 '오늘 점심 무엇'이라는 뜻으로 '고단한 직장 생활, 오늘은 어떤 점심으로 나를 기쁘게 해 줄까요?' 같은 선량한 물음이다.

직장 생활에서 '점심'을 단순히 밥 먹는 행위로 생각하면 섭섭하다. 점심은 매일 반복되는 일과에서 기쁨을 주는 이벤트다. 또, 오후 업무에 본격적으로 박차를 가하기 위한 연료 공급이다. 든든한 점심을 먹고, 이를 닦고, 시원한 아아까지 때려 주는 신성한 의식을 거쳐야 오후 업무에 집중할 힘이 생긴다.

'무슨 점심을 그렇게까지 생각해?'라고 할 수도 있겠지만, 먹는 것에 의미 부여를 하며 사는 나는 맛있는 밥 한 끼에 큰 힘이 있다고 느낀다. 그러다 보니 점심을 제공하는지는 회사를 가기 전 확인하는 중요한 기준 중 하나다.

식사를 챙겨 주는 일터의 중요성을 깨달은 건 아르바이트를 했을 때다. 대학 때 아르바이트를 했던 곳은 규모가 있는 레스토랑이었다. 겉은 번지르르한 식당이었지만 알바생의 밥을 잘 챙겨 주는 곳은 아니었다. 애매한 시간에 불러 밤까지 일을 시켰지만, 밥 한 끼 제대로 챙겨 준 적이 없었다.

기본적인 것도 챙겨 주지 않는 곳에서 일하며 느낀 것은 밥은 시작에 불과하다는 것이었다. 처음 약속했던 것과는 다른 업무 분담, 알바생의 출근 시간을 일터에 도착하면 바꿔 버리는 마라맛 사회생활을 경험하면서 다른 건 몰라도 밥만큼은 잘 챙겨 주는 직장에서 일해야겠다고 다짐했다.

밥 이야기로 시작했지만 내가 상식이라 느끼는 것을 상식으로 여기는 회사에서 일하고 싶은 마음이 크다. 사회생활을 하면서 노동자의 업무 외 시간마저 회사에 속한 시간이라 당연하게 여기는 일터, 내가 아랫사람이기 때문에 기분에 따라 말하고 행동하는 상사 등 가지각색의 경우를 봐왔다. 나에게 당연한 것이 어떤 조직엔 그렇지 않을 수 있음을 알게 됐다. 나만의 기준과 기본이 통하는 회사에 가고 싶은 마음은 그렇게 생겨났다.

다행히 내가 갔던 회사는 모두 점심을 제공했다. 정해진 식대가 있어 그 비용 내에서 자유롭게 선택할 수 있거나 식권을 이용해 회사 내의 구내식당을 이용할 수 있었다. 식대를 제공해 주는 곳은 다양한 메뉴를 골라 먹을 수 있어 좋았고, 구내식당은 먹고 싶은 음식을 원하는 양만큼 퍼먹을 수 있어 좋았다.

음식에 대한 호불호가 크지 않은 편이라 점심시간은 늘 즐겁고 행복했다. 먹는 걸로 서러울 일이 없으니 든든히 배를 채우고, 오후 업무에 집중할 수 있어 전반적인 회사 생활에 대한 만족도도 높았다.

여전히 나에게 점심은 회사를 결정하는 데 중요한 기준 중 하나다. 어제 점심을 먹었다고 오늘 거를 수 있는 것도 아니고, 어차피 내가 아는 그 맛이지만 먹는 것은 늘 새롭고 짜릿하다. 무엇보다 우리가 회사를 가는 이유 중 하나는 '먹고살기 위함'이니까. 오늘 잘 먹고 잘 살았다면 그날의 중요한 미션 하나를 클리어한 게 아닐까.

그렇기에 나는 오늘도 출근하자마자 점심 메뉴를 고민

한다. 손으로는 업무를 해내며, 무엇을 먹을지 열심히 머리를 굴려 본다. 어제 먹은 것과 다른 음식을 고민하다 '오점무'에 대한 답을 내린다.

[친숙한 엄마의 손맛을 느낄 수 있는 맘스터치 어떠세요~?]

3시간 통근의 기쁨과 슬픔

"선배, 춥지 않아요? 왜 이렇게 얇은 패딩을 입고 다녀요?"

인턴을 할 때 함께 일하는 선배에게 했던 질문이다. 한겨울, 얇디얇은 패딩 점퍼를 입고 다니던 선배가 말했다.

"지하철을 타면 너무 갑갑해서 어쩔 수 없어요."

그의 출퇴근 시간은 왕복 5시간이었다.

선배의 말을 이해하기까지는 그리 오랜 시간이 걸리지 않았다. 나 역시 프로 통근러가 되어 버렸기 때문이다. 경기도에서 서울까지 출퇴근 시간만 왕복 3시간이 넘는다. 날씨와 상황에 따라 바뀌는 변덕쟁이 버스 시간을 고려했을 때는 시간이 더 늘어난다.

처음엔 갓생 사는 MZ세대인 만큼 출퇴근길을 활용해 독서를 하려 했다. 그리고 분명 출근 첫 주엔 책을 읽었다. 그러나 얼마 못 가 유행 지난 노래를 반복하며 듣는 것이 출퇴근을 버티는 유일한 낙이 되었다.

회사에 급한 일이라도 있는 날에는 훨씬 일찍 눈을 떠야 한다. 심할 땐 새벽 5시에도 일어났다. 부랴부랴 준비하고 지하철에 도착하면 이미 새벽같이 나와 움직이는 사람들이 있다. 그 모습을 보면 역시 한국인들은 망할 수가 없다는 확신이 든다. 서늘한 아침 공기를 맡으며 역사에 빽빽하게 들어차 있는 사람들을 보자니 지하철을 타기 전부터 기에 짓눌리는 기분이다.

이 글을 빌려 지하철 앉아서 가는 사람들에게 부탁한다. 어디서 내릴 건지 써서 이마에 붙여 놔 달라고. 누구에게나 평등한 지하철의 세계에서는 빨리 내리는 사람 앞에 서는 자가 일류니까.

물론 현실에서 이마에 내릴 역을 써 놓는 사람은 없다. 그러니 지하철을 타자마자 눈치 게임이 시작된다. 좌석이 만석일 땐 누가 가장 빨리 내릴 것 같은지 매의 눈으로 스캔한다. 지금까지 쌓인 데이터에 의하면 이어폰 끼고 고개를 꺾어 가며 자는 사람 앞은 절대 안 된다. 그런 사람들은 마음 편히 꿈나라를 여행할 정도로 멀리 가야 하는 사람들이다.

그럼 누구 앞에 서야 하는가? 지하철 스크린에 뜨는 역 이름을 힐끔힐끔 확인하는 사람 앞이 좋다. 스크린을 확인한다는 것은 내려야 할 목적지 근처에 왔다는 뜻이다. 마침 열심히 확인하고 있는 언니님이 보였다. 이제 언니님 앞에 서서 그녀가 내릴 때까지 존버하면 된다.

근데 젠장! 몇 정거장 안 갔는데 이어폰 끼고 꿀잠을 주무시던 어르신이 뛰어내렸다. 정작 꾸준히 역을 확인하던 언니님은 내릴 기미가 보이지 않았다. 뒤늦게 어르신 자리로 한 발 내디뎌 보지만 그 자리는 이미 일류가 차지했다.

아, 오늘은 서서 가는구나. 어쩔 수 없이 우뚝 서서 갔다. 가는 내내 많은 생각이 머릿속을 스쳤다. '출퇴근을 언제까지 할 수 있을까'부터 시작해서 '이 직업을 언제까지 할 수 있을까'로 확장됐다. 종종 1호선에 등장하는, 유튜브에 나올 법한 싸움 구경까지 하고 나면 어느덧 회사가 위치한 역에 도착한다.

학교를 다닐 때는 기숙사에서만 지냈던 터라 이렇게 먼 거리를 통근하게 될진 몰랐다. 통근을 하면서 왜 사람들이

서울에 본가가 있는 사람들을 부러워하는지 알게 됐다. 그들은 집에서 맛있는 밥 먹고, 월세 나갈 걱정 없이, 또는 출퇴근에 대한 부담을 덜고 회사를 다니겠구나. 서울에 살지 않은 내겐 부러움을 설명하기도 입 아픈 일이다.

즐겁게 퇴근하고 집으로 돌아와도 몇 시간 후면 다시 출근해야 하는 이 현실. 아침을 든든히 먹어도 회사에 도착하자마자 공복감이 느껴지는 건 기분 탓일까. 평일의 황금 같은 시간을 땅에 뿌리면서도 출근은 계속된다. 녹록치 않은 출퇴근. 재택근무가 시급하다.

사람이 많으면 공중부양도 가능해

워라밸 절대 지켜!

"워라밸에 대해 어떻게 생각해요?"

면접 때 들었던 질문이다. 순간 서점에서 봤던 『아, 보람 따위 됐으니 야근수당이나 주세요』라는 책 제목이 떠올랐다. 솔직한 생각 대신 면접관이 원할 만한 답을 에둘러 이야기했다. 말은 이렇게 하지만 나는 사실 일 중독자를 꿈꾼다. 일로써 성장한 사람들을 보면 마냥 부럽고, 나도 그렇게 되고 싶다. 자신의 일에 만족하면서 돈까지 번다는 사실만으로도 가성비 넘치는 삶을 살 수 있을 것만 같다.

이런 마음이 있었기에 처음 회사에 들어갔을 땐 신입의 패기를 잔뜩 안고 있었다. 어차피 회사에 다녀야 한다면, 일로써 성장하는 사람이 되고 싶었다. 밤늦게까지 일하고, 타 부서를 설득하는 모습을 상상하며 그런 일들도 견디겠다 다짐했다. 그런데 입사하고 보니 출근과 함께 퇴근을 기다리는 나 자신을 발견했다.

물론 신입의 패기가 넘쳤던 때도 있었다. 하지만 반짝이는 아이디어로 공들여 제작한 기획서는 클라이언트의 컨펌을 받지 못해 처음으로 돌아갔다. 또, 일을 위한 일로 야근까지 하는 몇몇의 경험들이 쌓이며 회의감이 생겼다. 결국 시간이 지날수록 적당히 컨펌받을 수 있는 것들로 대체해 준비하고는 했다.

하루는 회사 생활로 힘들어하는 나에게 동료가 말했다.

"대표가 하자는 대로 해 줘요! 그러면 책임을 떠넘길 수 있어요! 받은 만큼 일하기~"

이 말을 듣고 빵 터졌다. 근데 곱씹을수록 틀린 말은 아닌 것 같아 씁쓸했다. 받은 만큼만 일하는 것이 최선이라는 생각이 들었다. 그 이상 노력하면 결국 나만 더 많은 일을 떠맡게 되는 게 직장 생활의 순리처럼 느껴졌다.

회사에서 느끼는 한계만큼 스스로에게도 한계를 느낀다. 사실 나는 퇴근시간을 가장 좋아하기 때문이다. 그럴 때면 궁금해진다. 나는 일로써 성장하고 싶은 사람인지, 워라밸을 지키고 싶은 사람인지. 어떨 때는 한 분야에서 세계

최고의 경지에 이르고 싶다가도, 어떨 때는 워라밸을 지키며 여유롭게 살고 싶다. 하루는 상대방을 1초 만에 설득시키는 카피를 쓰고 싶고, 다른 날은 집 가서 발 닦고 잠이나 자고 싶다.

회사에 있다 보면 넘치는 야망, 미묘한 회의감, 잘하고 싶다는 욕망, 노는 게 제일 좋은 뽀로로 같은 마음이 뒤엉켜 내 속을 뒤집는다.

그렇다고 정시 퇴근을 좋아하는 것이 업무 시간을 버텨내야만 하는 고통의 시간으로 여긴다는 뜻은 아니다. 콘텐츠를 제작하고, 고객과 소통하는 것은 여전히 나에게 즐거운 일이다.

다만 이게 '나인 투 식스'라는 조건부로 이루어지는 사랑일 뿐이다. 퇴근 시간이 되면 누구보다 빠르게 헤어져야 하는, 단기적인 사랑 말이다.

이렇게 쓰고 보니 나란 인간은 일 중독자를 꿈꾸지만 퇴근이 가장 즐거운 듯하다. 주어진 일만 한다면 성장하지 못할 거라 생각하면서도 한편으로는 주어진 일만 하고 싶다. 프로젝트의 개선점을 찾아 제안하면 일이 많아질까 두려워 입을 꾹 닫은 지난 나날을 떠올린다. 일로써 성공한 사람들을 존경하지만 집에 가는 게 가장 행복한 이 모순적인 신입!

가장 설레는 그 한마디 '퇴근하자'

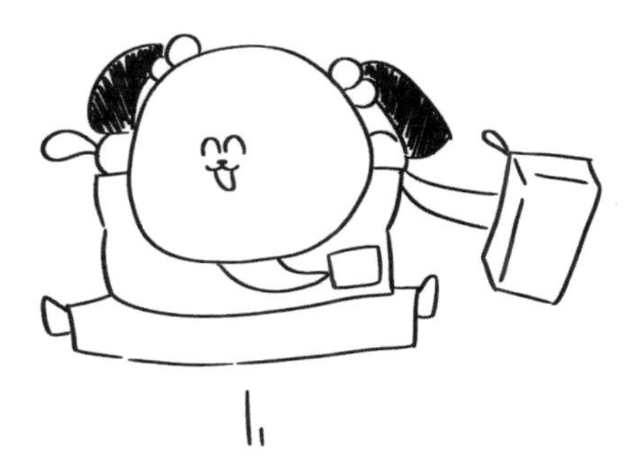

노잼 회식과 유잼 회식

코로나19 이후 회식 문화가 눈에 띄게 줄었다. 내가 직장 생활을 시작한 것도 그쯤부터였기에 회식에 참여한 경험은 그리 많지 않다.

회식에 참여했던 나날을 떠올려 본다. 사실 처음에는 친구들과 마시는 술자리에 익숙했던 터라 회식에 가고 싶었다. 순진했던 것이 틀림없다. 비록 회사는 수직적일지라도 술자리는 유한 분위기일 거라 착각했던 것이다.

몇 번의 회식은 당황스러움을 선사했다. 당연하게도 회

사 사람들과 하는 회식은 친구들과 가졌던 술자리와 달랐다. 오히려 회식 자리가 회사의 수직구조를 더욱 선명히 드러내는 것 같다 느낀 적도 있다. 대부분의 회식에는 보이지 않는 규칙이 있다는 것을 알게 됐기 때문이다. 회식 문화에 익숙지 않은 상태로 처음 회식을 경험했을 때는 그 규칙을 지키는 것이 힘들었다.

이를테면 회식에 참여하지 않아도 된다고 말하지만 참여할 수밖에 없는 분위기, 상사의 잔이 비면 무조건 채워 놓기, 반찬은 떨어지기 전에 리필하기, 방금 했던 말은 노잼의 끝판왕이었는데 경련이 날 때까지 웃기 등이 있었다.

나는 분위기를 읽기 위해 다른 사람들이 웃는 타이밍을 열심히 관찰해야 했다. 끊이지 않는 일 이야기와 부장님의 지적 대화를 위한 넓고 얕은 지식*(속칭 지대넓얕)들은 술자리가 참 노잼이라는 생각이 들게 했다.

꽐라가 되어 가는 와중에 정신 줄을 붙잡고 부장님의 술잔까지 챙겨 드려야 한다니, 역시 사회생활은 만만치 않다.

---

* 인문 교양, 과학, 오컬트, 철학 주제의 팟캐스트 방송으로, 줄여서 '지대넓얕'이라고도 부른다.

물론 함께 술을 마시는 상대의 술잔을 채워 두는 회식 예의가 존재하고, 그것을 챙겨야 한다는 것은 알고 있다. 하지만 회식을 경험할수록 일의 연장선이라 표현했던 사람들의 말이 이해가 되는 건 어쩔 수 없었다.

일터를 옮기면서 다양한 회식 문화를 접하게 되었다. 회사마다 회식의 분위기는 매우 달랐는데 지금까지 가장 만족스러웠던 것은 점심 회식이다. 점심시간에 회사 근처의 맛집에 가서 맛있는 음식을 먹었다. 오후에 업무를 이어서 해야 하니 술은 당연히 마시지 않았고, 관심사가 유사한 동료들과 재미있는 이야기를 나누는 것도 즐거웠다. 무엇보다 퇴근 후에는 개인 시간을 누릴 수 있다는 점에서 좋았다. 말 그대로 유잼 회식이었다.

개인마다 회식에 대한 견해의 차이가 있을 테지만 나란 사람은 퇴근 후에는 집에 가서 쉬고 싶은 마음이 굴뚝같다. 집에 도착한 후 개인적인 일들을 처리하고 재미있는 넷플릭스를 보고, 일기를 쓰는 것만으로도 시간이 빠듯하기 때문이다. 업무 외 시간을 이용한 회식보다는 점심시간에 맛있는 음식을 먹는 회식이 더욱 늘어나면 좋겠다. 밥을 다

먹고 나면 맛있는 당근 케이크까지 먹을 수 있는 회식은 너무 욕심이려나.

이제는 융통성 있는 회식 문화에 익숙해지다 보니 이전의 강압적인 분위기의 회식은 참여하지 못할 것 같다는 생각이 든다. 업무 외의 나의 피 같은 시간을 부장님의 지대넓얕을 듣기 위해 써야 한다면 상상만 해도 곤욕스럽다.

회식 역시 사회생활의 일부일 수 있지만, 개인 시간에 대한 존중은 필요하다. 그것이 건강한 직장 생활을 꾸준히 이어 나갈 수 있는 유일한 길이다. 그렇기에 거리두기가 완벽하게 해제될지라도 이전과 같은 필참 회식 문화는 코로나19와 함께 역사 속으로 영영 사라졌으면 좋겠다.

신입사원 필독!

회사 직급 순서

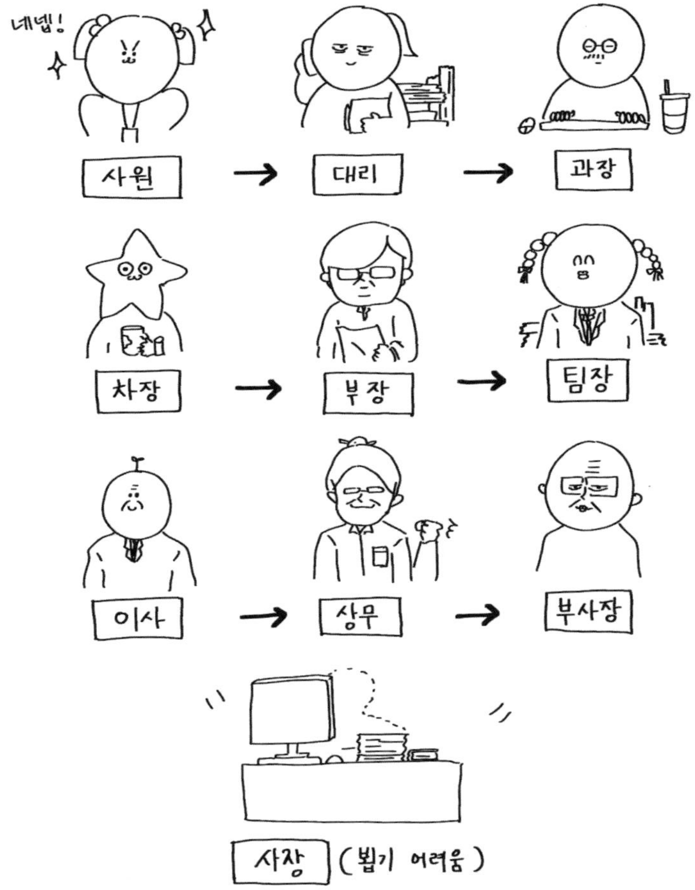

네넵!

사원 → 대리 → 과장

차장 → 부장 → 팀장

이사 → 상무 → 부사장

사장 (뵙기 어려움)

직급 없는 수평조직

* 크게 시니어, 주니어로 나누기도 함
* 상대적으로 유연한 분위기는 맞으나 회사에 따라 다름!

① '님'자 통일

② 영어 이름으로 부르기도 한다

대리님이 내 스타일이면 감사합니다

오랜만에 친구들을 만났는데 한 명이 사내 연애를 시작했다고 한다. 대학에 다닐 때도 과 CC는 하면 안 된다는 전설이 있었건만 사내 연애라니…… 죽을 만큼 부럽다.

비결을 물어보니 둘 중 한 명의 '적극적이되 티 안 나는 대시'라고 한다. 적극적이되 티 안 나는 대시라니. 듣기만 해도 배우고 싶다. 어디 학원이라도 있으면 찾아가서 들을 텐데. 여기서 중요한 건 학원의 이름이 아니다. 바로 한 사람의 용기다. 왜냐하면 회사에서 짝을 만나기 위해서는 정말 어마어마한 용기가 필요하기 때문이다. 아마 친구도 엄청난 용기를 냈음이 틀림없다.

나도 회사를 다니면서 내 스타일을 만난 적이 있다. 상당히 나이스한 대리님이었는데, 첫눈에 그를 알아봤다. 멀리서 안경을 닦고 다시 봐도 참하고 멋진 사람이었다. 그때부터 회사 생활이 즐거워지기 시작했다. 회사에 보고 싶은 사람이 생겼다는 거니까.

회사에서 마음에 드는 사람이 생겼다면 일단 본능적으로 손가락을 관찰하게 된다. 그의 손에 반지가 없는데 왜 내가 기쁠까. 은근 슬쩍 카톡 프사도 염탐한다. 커플 사진도 없다. 아주 흡족하다.

사내 연애를 하고 있는 친구는 일단 친해지는 게 중요하니 잘해 주라고 말했다. 만약 잘해 줬는데 그 사람에게 애인이 있거나 너에게 마음이 없는 것 같으면 다른 사람들한테도 잘해 주라 덧붙였다. 모두에게 원래 잘해 주는 사람인 척하면 덜 쪽팔릴 거라나 뭐라나. 그거 내가 초등학교 때부터 써먹은 방법인데……. 어째 회사를 다녀도 크게 변한 게 없는 것 같다.

결정적으로 잘되고 싶다면 둘이 자연스럽게 시간을 보낼 건수를 마련하는 게 중요하다고 한다. 근데 일단 회사 사람이랑 단둘이 시간을 보낸다는 것 자체가 상당히 부자연스럽다. 뭐가 자연스러운 상황인지 1도 모르겠다.

나도 한번 상상을 해 봤다. 마음에 드는 대리님께 적극적으로 대시하는 상상 말이다. 가끔 TV 광고를 보면 이상형에게 쪽지도 남기던데, 쪽지를 남겨 보는 건 어떨까? 생각만 해도 다음 날 출근하긴 그른 것 같다. N형 인간답게 한 발 더 나아가 생각해 봤다. 피티 발표 마지막에 "사실 고백할 게 있습니다." 와! 죽을 때까지 업계에 발도 못 디딜 일이다.

나이스한 대리님은 다 옛날 일이다. 결국 나는 그에게 마음 한 번 제대로 표현 못 한 채 회사를 떠났기 때문이다. 늘 그렇듯 짝사랑은 어렵다. 상대방의 행동에 혼자 의미 부여하고, 신났다 우울해졌다 하는 일들은 애가 타는 시간들이다.

이런 외로운 나를 알아본 것인지 직장 동료가 자기 친구를 소개해 준다고 했다. 자신은 N형 인간이라 이미 나와 친구가 결혼하는 상상까지 끝냈다고 했다. 나 역시 동료를 우리의 신혼집 집들이에 초대하는 상상까지 끝냈다. 하하하호호호. 그런데 고향이 부산이라 친구가 거기에 있다고 한다. 부산 장거리 연애인데 괜찮냐고 묻는다. 그냥 소개해 주기 싫다고 말씀하시지.

할 사람들은 어떻게든 한다고 핀잔을 들을 마무리지만, 직장인의 연애는 참 어렵다. 이런 고민해 봤자 외로워지기만 한다. 집에 가서 미니 족발 뜯으면서 넷플릭스 보는 게 최고로 달콤하다. 그러는 사이 내 젊은 날이 가고 있어 어딘가 서럽다.

하여튼 간에 사람 마음이 가장 어렵다. 내 마음대로 하기 제일 힘든 것이 타인의 마음이다. 열 길 물속은 알아도 한 길 대리님 속은 알 수 없다. 투자한다고 성과가 나온다는 보장이 없는 이 짓! 그럼에도 불구하고 대리님이 내 스타일이면 감사합니다.

방귀 참는 어른

간만에 동네 친구들이 있는 단톡방이 시끄러웠다. 한 친구가 취업 이후의 근황을 전하고 있었다. 내 친구가 직장인이 되었다니. 철없던 우리도 어른이 되었다는 게 실감이 나 감탄하고 있는데 자랑스러운 어른 친구의 카톡이 왔다.

[아, 방귀 뀌고 싶다]

같은 직장인으로서 이 마음 잘 안다. 8시간을 앉아 일하는 회사에서 괄약근을 비집고 나오는 방귀를 참기란 쉬운 일이 아니다. 하지만 우리는 결국 방귀를 참아 낼 것이다.

상황에 맞게 인내할 줄 아는 것, 본디 그것이 어른이기 때문이다.

지금 생각해 보면 어릴 때는 정말 단순했다. 만약 내가 마시멜로 실험에 참여했다면 3초도 못 참고 마시멜로를 먹었을 것이다. 어린 시절의 나에게 인내란 없었다. 책상에 앉아 공부에 집중하는 것이 싫어 매일 딴생각을 했다. 아침마다 통화를 해야 하는 전화영어 수업이 싫어 전화선을 뽑고 자기도 했다. 학원에 가야 하는 날에도 공부가 싫으면 온갖 핑계를 대며 빼먹었다. 책임감과 인내가 없었던 시절이었다.

대학생 때를 떠올려 봐도 그렇게 책임감을 가지고 살진 않았던 것 같다. 그때는 감당하기 어려운 일이 있으면 도망치고는 했다. 기분이 꿀꿀한 날에는 할 일을 덮고 코인 노래방으로 향했다. 하고 있는 일을 중간에 포기해도 딱히 나에게 책임을 물을 사람은 없었다.

직장인이 된 후, 나는 내가 어른이 되었다는 당연한 사실을 마주했다. 그날은 개인적으로 상당히 심란한 일이 있었다. 만약 대학을 다닐 때 그런 마음이었다면 모든 걸 내

려놓고 앓아누웠을 것이다.

그런데 회사에서는 무책임한 행동을 반복할 수 없었다. 회사 일을 처리하기 위해서는 내 정신이 온전히 회사에 있어야만 했다. 마음이 아무리 힘들어도, 그건 겨우 내 사정이기 때문에 묵묵히 일을 해내야만 했다. 서러움으로 가득했던 날이었지만 가장 의연하게, 아무렇지 않은 척 업무를 봤다.

도망치고 싶은 순간에도 도망칠 수 없는 것. 그게 어른의 무게가 아닐까? 이제 나는 어린 시절의 내가 그랬듯, 힘들다고 쿨하게 도망칠 수 없다. 누군가의 뒤에 숨어 과정을 모른 척하며 살 수도 없다. 스스로의 밥줄을 책임을 지고, 이따금씩 느끼는 서러움을 온몸으로 받아들이고 이겨 내야 한다.

마음의 준비가 덜 됐는데 이렇게 어른이 된다는 게 가끔 무서울 때가 있다. 그럴 땐 옆자리에서 묵묵히 일하고 있는 동료의 얼굴을 보고는 한다. 동료는 아무렇지 않은 얼굴로 열심히 일하고 있었다. 표정엔 아무 걱정도, 근심도 없어 보였다.

하지만 그가 실제로 어떤 상태인지 들여다보지 않고서는 모를 일이다. 그 역시 자신의 책임을 다하며 묵묵히 일하고 있는 어른이니까.

회피하지 않고 꿋꿋하게 버티는 능력이 점점 늘어나고 있다. 내가 한 말과 행동에 책임을 지기 위해서, 생각 없이 내뱉는 말 역시 줄어들고 있다. 방귀 참는 능력이 늘어나는 것만큼 의연한 하루들이 지나고 있다. 아무도 나에게 민증 검사를 해 주지 않는 것은 조금 서럽지만 견디고 버틸 줄 아는, 제법 그럴싸한 어른이 되어 가고 있다.

꿈을 이루지 못해도 괜찮아

어릴 적부터 나는 유난히 꿈에 집착했다. 나에게 꿈은 도피처였다. 비록 지금은 만족스럽지 않은 현실을 살고 있지만, 미래에는 내가 원하는 삶을 살 수 있을 거라는 희망. 그것이 어린 날의 나를 살게 했다.

수많은 꿈을 마음에 품었다 버리기를 반복했다. 와중에 기억에 남는 꿈은 두 개다. 하나는 배우였고, 다른 하나는 웹툰 작가였다.

'배우'라는 꿈은 중학생 때부터 품기 시작했다. 그때 나는 사람들 앞에 서는 것을 좋아했고, 감정이입을 잘한다는 말을 듣고는 했다. 시상식에서 수상 소감을 읊는 배우들을 보면서 저렇게 되고 싶다고 막연히 생각했다.

어느 날 운 좋게 연극영화과 교수님과 상담할 기회를 가졌다. 교수님은 배우가 되고 싶다는 나의 야망을 들어 주다 말씀하셨다.

"머리가 커서 배우는 못 될 거예요."

눈에 쌍꺼풀이 없거나 코가 낮은 거라면 어떻게든 고쳐 봤을지도 모르겠다. 근데 머리통을 줄여야 한다니. 이 두개골을 어떻게 건드리냐 말이다. 그렇게 상상만으로 나를 충족시켰던 꿈은 교수님의 현실적인 피드백에 간단히 없어졌다. 희망이 사라진 자리엔 보다 간절하고 현실적인 꿈이 생겼다.

'꿈이고 나발이고 대학만 가자.'

적성과 전혀 상관없는 행정학과에 입학한 후엔 웹툰 작가가 되고 싶었다. 재미없는 전공책은 결코 완성해 본 적 없는 구성안들로 채워지고는 했다.

이번 꿈은 이전과 다르게 직접 시도할 기회들이 있었다.

나는 웹툰을 그려 인스타에 연재하고, 공모전에 도전했다. 이 과정에서 이야기를 쓰고 나누는 기쁨을 몸소 느낄 수 있었다. 다만 이렇다 할 성과는 없었다.

성과가 없는 것만큼 고통스러웠던 건 스스로의 재능을 확인하는 것이었다. 매 순간 내가 쓴 글과 그림이 얼마나 허점이 많은지 두 눈으로 마주했다. 점점 직접 그린 그림을 보는 게 힘들었다. 나를 불행하게 만드는 꿈이 싫어졌다. 그래서 회사에 입사했다. 나는 내가 되고 싶었던 배우도, 웹툰 작가도 되지 못했다. 나는 꿈을 이루는 데 실패했다.

적당히 타협해 디자이너가 되었다. 빈 포토샵 레이어를 채우며 디자인을 하는 일은 웹툰을 만드는 작업과 유사했다. 여기서 포토샵이라도 잘 배우면 돌고 돌아 웹툰 작가가 될 수도 있겠다는 생각으로 입사했다.

그런데 일을 하면 할수록 의외의 것을 발견했다. 이전에 꿨던 배우와 웹툰 작가의 꿈, 그걸 이루기 위해 익혔던 기술과 내공이 디자인 업무에 많은 영향을 미치고 있기 때문이다.

현재 하고 있는 일은 광고 이미지와 상세페이지를 제작

하는 것이다. 광고는 고객에게 공감하는 영역이 중요하다. 이 부분은 내가 품었던 배우라는 꿈과 맞닿아 있다. 배우가 캐릭터에 이입해 관객의 감정을 건드릴 수 있어야 하는 것처럼, 광고 역시 고객의 입장에 이입해 결핍을 자극하고 구매하게 만들어야 한다.

한편, 상세페이지는 스토리텔링이 중요하다. 이는 웹툰 작가가 한 회를 그리면서 구성안을 짜는 것과 맞닿아 있다. 웹툰에 후킹과 떡밥을 정교하게 설치해 독자를 유혹해야 하는 것처럼 상세페이지도 제품에 매력을 느끼게 만드는 장치와 요소를 체계적으로 심어 놔야 한다.

비록 나는 내가 진짜 원했던 직업은 갖지 못했다. 하지만 꿈을 이루기 위해 노력하고, 고민했던 시간들은 예상치 못한 부분에서 빛을 발해 주고 있다. 배우, 웹툰 작가, 디자이너. 교집합이 없을 거라 생각했던 직업들은 하나하나 들여다보니 비슷한 맥락을 공유하고 있었다.

이것을 발견하면서 지금 하고 있는 일이 좋아지기 시작했다. 그리고 '원하는 모습이 되지 못하면 안 돼'라는 강박에서 벗어날 수 있었다.

딱히 원했던 길은 아니지만 나는 현재의 삶에 즐겁게 임하고 있다. 생각했던 것보다 재미있음에 감탄하면서. 그래서일까? 요즘엔 스스로의 쓸모에 연연하며 낙심했던 지난날의 나에게 말해 주고 싶다.

네가 어떤 일을 하든 모든 경험은 인생의 플러스로 남을 거라고. 그러니 너무 슬퍼하지도, 좌절하지도 말라고.

♡ 신입사원 꿀그래의 소확행 ♡

4

개복치 멘탈 신입사원의 멘탈 관리 비법

꿀벌 말고 꿀별

회사에서 종종 주말에 뭐 했느냐는 질문을 받는다. 그냥 누워서 넷플릭스를 봤다고 말하고는 하지만, 사실 카페에 나가 글을 썼다. 나에게는 비밀스러운 부캐가 하나 있는데 바로 글을 쓰는 꿀별이다.

나는 손 대면 톡 하고 터질 것 같은 유리 멘탈이다. 지금까지 타인의 의미 없는 말에 상처받고, 곱씹고, 괴로워하며 많은 시간을 보내고는 했다. 점점 나아지고 있다 생각하지만 최근에도 누군가의 눈빛에 상처받고 앓았던 기억을 떠올리면 아직 갈 길이 멀었다.

'글을 쓰는 꿀벌'은 개복치 멘탈을 지켜 주는 부캐다. 어릴 때는 친구에게 전화해서 나의 감정에 대해 세세하게 설명했다. 나의 상황을 공유하는 것만으로도 여러 감정이 치유되는 걸 느꼈다.

하지만 어른이 될수록 이런 식의 해결법에는 한계가 있다는 것을 느꼈다. 설명하고자 하는 상황은 점차 복잡해졌고, 나를 힘들게 하는 사람은 입체적이었다. 누군가에게 내 사정을 이해받는 건 어려운 일이었고, 결국 상대를 설득하는 시간처럼 느껴졌다. 그게 끔찍하게 외로워 글을 썼다.

글을 쓰는 순간만큼은 이 말을 들을 타인이 나를 어떻게 판단할지 신경 쓰지 않아도 됐다. 그저 내 마음이 이랬다고 솔직하게 쓰는 것으로 충분했다. 그렇게 나는 내 안의 케케묵은 이야기들을 하나둘 꺼냈다.

글을 쓰기 시작하면서 새로운 능력치를 얻었다. 바로 감정을 객관적으로 보는 능력이다. "괜찮아, 별거 아니야."로 퉁치고는 했던 날이 사실은 상처받은 날이었음을 알게 됐다. 반면, 나를 좌절시켰던 고민은 고작 2줄로 정리되기도 했다. 짤막한 2줄로 마주한 고민은 해결책도 단순했다.

상처에 대해서 쓰고 마주하면서 사랑하는 사람들에게 무작정 감정을 쏟아 내는 일을 절제할 수 있었다. 가까운 사람들과 적절한 거리를 유지하며 관계는 더욱 안정적으로 변했다.

무엇보다 나 자신에게도 적절한 거리를 두기 시작했다. 감정에 지나치게 몰입해 모든 상황을 확대해석 하는 일을 적당한 선에서 끝낼 수 있었다. 회사에서 경험하는 갈등에 감정적으로 대응하는 일 역시 점점 줄어들고 있다. 직장인이라는 자아는 내 삶의 전부가 아니며, 그 속에서 겪는 모든 일이 '꿀별'에게 좋은 글감이 되어 주기 때문이다. 회사 밖의 든든한 부캐는 여러 방면으로 나를 지켜 주고 있다.

종종 필명을 왜 꿀별이라고 지었느냐는 질문을 받고는 한다. 꿀별은 '꿀벌'에 내 이름인 '별'을 붙인 것으로, 부지런히 살고자 하는 마음으로 지은 별명이다. 필명을 짓고 난 뒤 한참이 지나서야 알게 된 사실이지만, 꿀벌은 이곳저곳 돌아다니면서 직접 꿀을 만들어 내는 창조적인 곤충이라고 한다. 그 모습이 꼭 여기저기 부딪히며 상처받고, 글을 쓰며 극복하는 내 모습과 닮았다는 생각이 들었다. 그렇게 나는 나만의 방식으로 새로운 의미를 부여하면서 꿀별을 더욱 사랑하게 됐다. 과거에 짓눌리기보다 건강하고 창조적인 삶으로 나아가게 만들어 준 부캐 꿀별에게 감사하다.

개복치 멘탈에게 글쓰기라는 방어 수단이 있어 다행이다. 또다시 여러 상황에 상처받고 좌절하는 날이 올지라도 나는 맥북 앞에 앉아 글을 쓸 것을 안다. 꿀별이라는 부캐만큼은 팍팍하고 차가운 세상에서 나를 따뜻하게 지켜 줄 테니까.

'나'라는 안식처

직장인에게 주말은 말 그대로 황금 그 자체다. 일을 하며 성장하는 삶을 지향한다고 말하지만, 공휴일과 주말처럼 듣기만 해도 광대가 승천하는 단어는 없다. 직장인에게 주말은 평일 내내 경험한 폭풍 같은 일과 끝에 맛보는 참된 휴식과 같기 때문이다.

취업한 지 얼마 안 됐을 때는 주말마다 친구를 만나 맛있는 것을 먹고 여기저기 놀러 다녔다. 월급의 얼마가 빠져나가는지 자각하지도 못한 채 돈 쓰는 재미로 주말을 보냈다.

자취를 시작하고 난 뒤, 친구들도 점점 덜 만나면서 혼자 보내는 주말이 늘어 갔다. 보통 이 시간에는 한 주 동안 더러워진 집을 청소하고 밀린 빨래를 돌린다. 카페에 나가 글을 쓰기도 하고 하루 종일 누워서 넷플릭스만 보기도 한다. 저녁에 산책까지 하고 나면 아주 그냥 갓생이 따로 없다. 엉덩이를 토닥여 주고 싶은 뿌듯함을 느끼며 잠을 잔다.

하지만 지금과는 달리 나에게도 혼자 있는 시간이 어려웠던 시기가 있었다. 엄마가 돌아가시고 꽤 오래 공허함을 느꼈다. 구멍 난 마음을 채워 보겠다며 음식을 왕창 사서 먹었다. 그렇게 잠깐이라도 빈 마음을 채워야 했다. 달콤한 크림빵, 치킨, 라면 등 그 자리에 앉아 모든 음식을 토할 때까지 욱여넣었다. 음식을 마구 집어넣고 나면 쓰리고 부대끼는 속을 달래며 겨우 잠에 들었다.

나에게 홀로 있는 시간은 공포였다. 또다시 폭식을 할 것이 뻔했기 때문이다. 엄청난 양의 음식을 모두 먹어 치우고 난 뒤 찾아오는 자기혐오가 나를 병들게 했다. 음식 하나 제대로 조절하지 못하는 내가 너무 미웠다.

그때의 나는 나와 친하지 못했다. 과거에 저질렀던 실수와 스스로의 단점을 끊임없이 들먹이며 매 순간 판단했다. 나를 사랑하지 못하니 타인과의 관계 역시 어려웠다. 누군가와 함께하는 것도, 혼자 있는 것도 힘들어 언제나 불안정했다.

내가 폭식증이라는 병에 걸렸다는 것을 알게 된 후, 음식을 먹으며 외면해 왔던 감정과 마주하게 됐다. 폭식증을 극복하는 과정에서 나를 사랑하는 방법을 배워 갔고, 혼자 있는 시간을 잘 보내기 위해 조금씩 변해 나갔다.

가장 먼저 시작했던 것은 주변을 정리하는 일이었다. 원래 나는 방 청소를 하지 않았다. 어차피 나만 있는 공간이니까 상관없다는 생각이었다. 하지만 그건 나를 방치하는 것과 같았다. 그래서 귀찮은 몸을 이끌고 청소를 했다. 바닥에 떨어져 있던 머리카락도 주워 담았고, 아침에 일어나면 이부자리를 걷어 정리했다.

점점 나를 위해 하는 일이 늘어 갔다. 타인을 대할 때처럼 조심스럽게 스스로를 아끼고 배려했다. 이 과정을 반복하면서 서서히 일상을 회복할 수 있었다. 악순환의 고리였던 폭식증도 끊어 냈다. 지금도 가끔 폭식증이 재발할까 두려울 때가 있지만, 과거와는 다르게 나를 소중히 여기는 태도와 행동을 유지할 테니 큰 걱정은 없다.

이런 과정이 쌓이고 쌓여 나를 지키는 일상이 되었다. 밖에서 이리저리 치여도 일상만큼은 단단하게 지켜 낼 수 있었다. 나는 오늘도 나를 배려할 것이고 그 안에서 안락한 하루를 보내면 되니까.

덕분에 나에게는 하나뿐인 선물이 생겼다. 바로 내가 나의 안식처가 된 것이다. 이 안식처는 나를 떠나지 않고, 가장 편한 모습으로 쉴 수 있게 해 준다.

오늘도 나는 '나'라는 안식처에서 달콤한 주말을 보내며 충전을 한다. 나로부터 좋은 에너지를 듬뿍 받고 또다시 알찬 한 주를 보낼 힘을 얻는다. 혼자만의 힘을 기르는 직장인의 주말. 나와의 연애 전선에는 이상이 없다.

거북목
방지 위원회

[회사는 당신의 척추를 책임지지 않는다]

길가에서 본 전단지에 적혀 있던 말이다. 헬스장 광고였는데 누가 쓴 건지는 몰라도 기가 막히게 잘 썼다. 지금 당장 헬스장으로 달려가 운동을 해야 할 것만 같다.

처음 입사했을 때, 멋진 직장인이 되기 전에 거북이가 될 수도 있겠다는 생각이 들었다. 외근을 나가는 일이 거의 없었기 때문에 8시간 내내 앉아 있어야 했다. 똑같은 자세로 이미지를 제작하다 보면 몸이 성한 곳이 없다. 나날이

움츠러드는 목과 어깨를 보면서 운동의 필요성을 느꼈다. 회사는 척추까지 책임져 주지 않기에 스스로의 거북목 방지 위원회를 결성해야 했다.

나는 원래 운동을 너무 싫어했다. 스무 살이 넘고, 다이어트를 결심하면서 처음으로 했던 운동은 마일리 사이러스 운동이었다. 그때의 충격은 아직도 잊을 수 없다. 운동을 마친 후, 나는 갓 태어난 한 마리의 기린이 되어 버렸다. 다리가 후들거려 며칠 동안 계단 한 칸도 오르기 힘들었다. 운동을 진심으로 싫어하게 된 계기였다.

회사를 다닐 때는 내가 감당할 수 있는 만큼의 수준만 하기로 했다. 높은 강도의 운동으로 쓴맛을 본 적이 있었기 때문이다. 그렇게 요가와 만 보 걷기를 시작했다.

육체와 정신을 모두 단련하는 요가는 정말 매력적인 운동이다. 요가를 할 땐 그 누구도 지금 동작을 해내야 한다고 강요하지 않는다. 무리하지 않고 그 자세가 완성될 때까지 꾸준히 지속하는 것을 더욱 중요하게 여긴다.

요가는 우리의 인생과 닮았다는 점에서 흥미롭다. 처음에 선생님의 시범 자세를 보고 있으면 '과연 저게 사람이

할 수 있는 자세인가' 하는 생각이 든다. 하지만 어려운 자세도 꾸준히 연습하다 보면 어느 날 그럴싸하게 따라 하고 있는 나 자신을 발견할 수 있다. 이전보다 나아지는 나를 발견하는 기쁨은 꽤나 큰 만족감을 주었다.

만 보 걷기를 시작하고 나서부터는 지하철에서 한 정거장 먼저 내려 집에 갔다. 점심시간에도 무조건 산책을 했다. 그래야 저녁에 무리하지 않고 만 보를 채울 수 있기 때문이다.

걷기를 하면 머릿속의 많은 생각들이 점점 덜어지는 걸 느낄 수 있었다. 앉아서 끙끙대는 것으로는 절대 해결하지 못했던 고민들도 한참 걷고 나면 덜어지고 정리됐다. 정리된 자리에는 내가 정말 원했던 게 무엇이었는지 본질적인 생각들만 남아 있었다. 덕분에 걷고 나면 다시 심플한 상태가 되었다.

육체를 위해 시작한 운동 덕에 정신적으로 큰 효과를 보고 있다. 스트레스를 받으면 집에 가서 왕창 먹어 버리겠다고 결심하는 횟수도 서서히 줄어들었다. 굳이 폭식을 하지 않아도 운동으로 스트레스를 해소할 수 있기 때문이었다.

직장에 다니면서도 흔들리는 멘탈을 잡는 게 수월해졌다. 직장 생활은 대부분 내가 감당할 수 있는 속도 이상을 요구했다. 하지만 요가와 걷기는 내가 할 수 있는 만큼만 소화하면 된다. 하루에 단 5분일지라도 바른 자세를 유지하고, 일정한 보폭으로 걷는 시간을 가지는 것, 그것이 일상의 중심을 잡게 했다.

이런 습관이 쌓이자 기분이 태도가 되지 않도록 조절하는 힘도 생기기 시작했다. 체력이 받쳐 주니 일을 할 때 덜 지치고, 감정에만 몰입하는 상황이 줄어들었다.

이제는 거북목 방지를 떠나 기분에 지지 않기 위해 운동을 하고 있다. 직장 생활은 어차피 사람이 모이는 곳이라 스트레스는 피할 수 없으니, 슬기롭게 해결하는 데 최선을 다하기로 했다.

건강하게 살자. 열심히 번 돈, 절대 치료비에 쓰지 않으리라.

디자인 마이 라이프

나는 브랜드의 광고 이미지와 상세페이지를 제작하는 디자이너다. 제품의 강점을 파악하고 그를 위주로 디자인해 이미지로 표현하는 것이 나의 주된 업무다. 보통 광고를 제작할 땐 제품의 가치를 알아봐 주는 시선이 가장 필요하다. 그것을 발견하고 표현해야 고객을 설득하는 이미지를 제작할 수 있다.

회사에서 여러 브랜드의 제품을 직접 사용하면서 마냥 특출나기만 한 것은 없다는 사실을 알게 됐다. 대부분의 제품은 저마다 크고 작은 단점을 가지고 있었다. 어디에 포커스를 맞추고 디자인하느냐에 따라 순식간에 독보적인 명품이 되기도, 꾸준히 사용할 수 있는 생활템이 되기도, 그저 그런 평범한 제품이 되기도 했다. 매일 수십 개의 광고 이미지를 제작하다 문득 이런 생각이 들었다. 우리네 인생도 디자인하기 나름인 것 같다는 생각 말이다.

한때 인생의 모든 게 다 정해진 것처럼 느껴질 때가 있었다. 학교, 전공, 나이, 집안 등 사회적으로 가치 있는 기준에 한참 미달인 나의 삶은 마치 무가치한 것처럼 보였다. 이런 사실을 깨달을 때마다 뒤로 숨어 버리기도 했다. 이미 잘난 사람들로 가득한 사회에서 나는 아무것도 아니라는 사실이 견디기 힘들었다.

하지만 지금은 다르다. 아무도 나를 알아봐 주지 않는다면 나라도 나의 가치를 꼭 인정해 줘야겠다는 오기가 생겼다. 비록 큰 재능은 없을지라도 나만큼은 나의 강점을 알아봐 주고, 극대화시켜 주고, 호들갑을 떨어 주는 것이다. 그렇게 내가 어떤 일을 할 수 있는 사람인지 계속해서 어필하다 보면 누구라도 와서 봐 주지 않을까?

나는 어릴 적부터 뻔하고 재미없는 것을 싫어했다. 매일 같은 일을 반복하는 것은 나에게 지옥 같은 일이었다. 어느 누구도 나의 이런 부분을 재능으로 봐 주지 않았다. 오히려 고쳐야 한다고 입을 모아 이야기했다. 그림 그리는 것을 좋아하는 나를 보며 누군가는 먹고 살 정도의 재능은 아니라며 말하기도 했다.

그럼에도 불구하고 나는 나의 별것 아닌 가치를 들여다 봤다. 재미없는 것을 싫어하는 성향 덕분에 재미있는 카피를 쓸 수 있게 됐고, 그림을 좋아하기 때문에 그림 에세이도 그릴 수 있었다. 비록 내가 만든 모든 것들이 완벽하지는 않았지만 괜찮았다. 나의 재능을 내가 알아봐 주고 어필하는 것만으로도 충분했다.

여전히 나는 타고난 재능으로 사람들을 깜짝 놀라게 하지는 못하고 있다. 눈에 띄지 않는 지극히 평범한 사람 중 한 명이다. 하지만 나만큼은 나 자신에게 끊임없이 관심을 가지고, 디자인해 주고 싶다. 세상이 나에게 하는 말에 스스로를 너무 일찍 가두지 않고 할 수 있는 데까지는 해 보자고 다독여 주고 싶다.

세상의 기준에 움츠러들기보다 스스로의 재능을 탐색하고 성장하는 삶. 그렇게 살다 보면 어느 순간 나의 가치가 스스로를 빛나게 해 주는 날이 오지 않을까? 내가 알아본 나의 가치로 빛날 수 있다면 그건 그것대로 참 멋진 삶일 것 같다.

빌어먹을 세상 따위

살다 보면 별의별 일이 다 생긴다. 인생은 한 치 앞도 예측할 수 없다는 말처럼 매번 새로운 상황이 펼쳐진다. 좋은 일만큼 나쁜 일 역시 피해 갈 수 없다. 어릴 때는 인생이 내 뜻대로 되지 않을 때마다 불평하고 좌절했다. 나를 힘들게 하는 인생에 끊임없이 휘둘렸다.

직장인이 되고 나서 더욱 예측 불가능한 것들에 노출됐다. 기분이 시시각각 변하는 상사, 숨 쉬듯 바뀌는 업무 체계, 어느 날 갑자기 퇴사하는 동료 등이 있었다.

문득 상황이 변화할 때마다 나의 감정을 내맡기고 일희일비한다면 삶이 쉽게 불행해질 것 같다는 생각이 들었다. 그때부터 나는 직장 생활을 하면서 가져야 할 나만의 태도를 정립해 나가기 시작했다. 그렇게 내겐 일하는 사람으로서 유지하고자 하는 태도가 생겼다.

그건 바로 불평불만 하지 않고, 유쾌한 자세로 잘~ 일하는 것이다. '일하기 싫다', '집 가고 싶다' 같은 생각을 하면서 업무 시간을 보내기보다는 즐겁고 알차게 일하겠다는 마음으로 만든 태도다.

그래서 나는 일을 향한 근거 없는 불평은 하지 않는다. 물론 일에 대한 불만이 아주 없는 것은 아니지만 최대한 개선점을 찾는 것에 집중하려 한다. 태도를 유지하기 위해 무엇보다 말을 조심하려는 이유는 인간이 스스로 뱉은 말에 얼마나 쉽게 설득되는지 알고 있기 때문이다.

20대 초반, 나를 힘들게 했던 것은 다름 아닌 바로 나였다. '물이 반이나 남았네'와 '물이 반밖에 안 남았네' 중에서 나는 대부분 후자처럼 생각하는 쪽이었다. 그런 시선으로 보는 세상은 내가 할 수 있는 것이 많이 없었고 불평할 것들로 가득했다. 부정적인 생각들이 머릿속에 가득 차 있어 나만큼 힘든 사람은 없는 것만 같았다. 물론 미래에 대한 희망도 느껴지지 않았다.

생각의 패턴을 바꾸고 싶어 다양한 시도를 했다. 좋은 말이 담긴 책 읽기, 확언 듣기, 꾸준히 일기 쓰기 등 여러 가지가 있었다. 그중 제대로 효과를 본 것은 내가 사용하는 언어를 바꾸는 일이었다. '비가 와서 싫다' 대신 '비가 오니까 운치 있다', '나는 가진 게 아무것도 없다' 대신 '잃을 게 없으니 도전할 수 있는 게 많다'고 말했다.

사소한 말의 습관을 바꾸자 문제가 될 만한 것들을 덜 인식하게 되었다. 나중에는 아무것도 문제될 것이 없다는 진리를 깨닫게 되었다. 이쯤 되면 아무래도 나는 득도한 게 아닐까 싶기도 하다.

업무를 제대로 파악하지 못해 야근을 한 적이 있다. 칼퇴를 할 생각에 들떠 있었는데, 갑작스러운 야근으로 분노가 부글부글 끓어올랐다. 사실 그건 내가 제대로 파악하지 못해 생긴 일이었다. 그런데 순간적으로 회사의 업무 지시에 불평이 생겼다. '왜 우리 회사는 조금 더 체계적으로 일을 알려 주지 않는 걸까' 같은 불만을 가득 안고 야근을 했다. 모든 것을 못마땅하게 바라보며 불평만 하고 있자니 일의 속도가 잘 붙지 않았고 부정적인 감정은 깊어졌다.

그때 불만을 멈추고 '앞으로 어떻게 할 건데, 그럼?' 하고 스스로에게 물었다. 끊임없이 불평을 내뱉는 대신 새로운 질문을 던지자 비로소 앞으로 해야 할 일들이 보였다. 또다시 비슷한 일이 반복되는 것을 방지하기 위한 해결책들이 하나둘 떠올랐다.

불평보다는 내가 할 수 있는 일에 집중하는 게 훨씬 유익하다. 나의 귀한 시간을 해결하지 못할 일에 쏟아붓는다면 불행의 굴레에 빠질 뿐이다. 일하기 싫어 퇴근 시간만 기다리며 사는 것 대신, 스트레스를 받더라도 즐겁게 일할 수 있는 방법을 고민하며 사는 게 삶 전체를 생각했을 때도 훨씬 낫다.

여전히 인생은 나에게 엄청난 똥을 주고는 한다. 긍정적인 태도를 유지하려 했던 노력이 실패할 때도 있다. 아무리 경험해도 불행은 적응되지 않고 참신하게 고통스럽다. 하지만 이런 상황에서 해결할 방법을 찾지 않고 불평만 늘어놓는 것은 문제를 커지게 할 뿐이다. 무엇보다 나쁜 면에 매몰되면 정말로 살아갈 희망 따윈 잃어버리고 만다.

그러니까 오늘도 내 마음처럼 안 되는 인생에 괜스레 한마디 던져 본다.

"인생아, 고마워!"

인생아!
고마워!!
인생
뿌직
뿌직

Made By Me

인생은 B(Birth)와 D(Death) 사이의 C(Choice)다. 어른이 되고 난 뒤, 삶은 대부분이 나의 선택으로 이루어져 있다는 것을 실감하고 있다. 어릴 적에는 선택할 수 있는 게 많이 없었다. 나의 인생은 대부분 MC(Mother's Choice)였다. 말 그대로 엄마가 선택해 줬다. 엄마가 고른 옷을 입었고, 엄마가 다니라고 하는 학원에 다녔다. 인생의 크고 작은 선택은 집안의 보호자인 엄마 몫이었다.

성인이 된 후 가장 힘들었던 것 중 하나가 바로 내가 직접 선택한 삶을 사는 거였다. 엄마가 돌아가시면서 모든 선택은 온전히 나의 몫이 되었다. 이전까지는 누군가 결정해 준 삶을 살았는데 이젠 스스로 선택하고 책임지며 살아야 한다니, 무척 두려웠다. 그래서 정답에 집착했다. 가장 완벽하고 안전한 정답을 선택하고 싶었다.

정답만 고민하느라 어떤 선택도 내리지 못했다. 뭔가를 선택하기 전에 겁부터 났다. 이렇게 결정하고 나면 어떻게 될까? 그 이후의 삶을 알 수 없다는 것이 불안했다. 두려움이 너무 커서 전공을 바꾸는 일마저 꼬박 2년을 고민해야 했다.

하지만 전과를 한 후 알게 됐다. 선택은 아주 작은 순간에 불과하다는 것을. 완벽한 선택보다 중요한 것은 내가 한 선택을 최선의 선택으로 만들어 내는 '그 이후의 삶'이었다.

그걸 깨닫고 난 뒤, 나는 정답을 찾기보다는 가장 끌리는 결정을 내리고 열심히 수습했다. 대행사에서 인턴을 할까 말까 고민했을 때, 적성에 맞을 거라는 확신은 없었지만 일단 시작했다. 자료를 정리하고 데이터를 입력하는 업무는 정말이지 더럽게 재미없었다. 하지만 아이디어를 내고 기획서를 작성하는 업무는 생각보다 잘 맞았다. 5인 미만 회사에서 콘텐츠를 기획하고 만들어 내는 일 역시 마찬가지였다. 귀찮을 때도 있고 버거울 때도 있었지만 재미있었다.

늘 선택에는 확신이 없었지만, 그 후의 삶을 책임지는 과정을 통해 나라는 사람을 조금씩 알아 갔다. 업계의 현실과 나를 맞춰 가며 직장인의 역할도 배워 나갔다. 하루는 몰랐던 내 모습을 발견하기도 하고, 또 다른 날은 익숙했던 내 모습이 낯설어지기도 했다. 새로운 걸 도전하면 이전과는 다른 사람이 된다는 누군가의 말처럼, 무언가를 선택하고 책임지는 과정을 통해 이전과는 다른 내가 되었다.

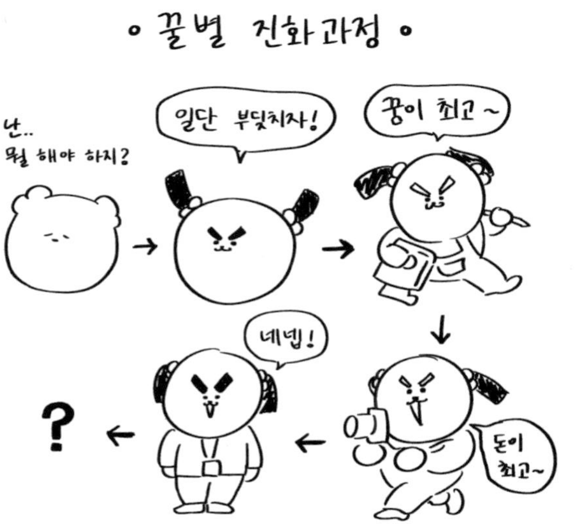

그래서일까? 요즘은 예전처럼 완벽한 선택을 하기 위해 혈안이 되지 않는다. 그저 가장 끌리는 것을 선택하고 최선으로 만들어 가는 과정을 묵묵히 견디려 한다.

물론 취업을 하고 나서도 여전히 많은 선택지가 남아 있다. '이놈의 회사 때려치울까?', '이직 준비할까?', '워킹 홀리데이 갈까?' 등. 이 중 정답은 없다. 그저 선택하고 책임지는 과정을 통해 나를 더 알아 가고 후회하지 않도록 성실히 나아갈 뿐이다.

무수히 많은 선택지 앞에서 아직도 대학 때와 비슷한 자세를 취하고 있다는 게 어딘가 머쓱해질 때도 있다. 선택에 따른 책임이 얼마나 큰 무게로 다가오는지 예측할 수 있게 된 지금, 무언가 결정하는 것이 때로는 귀찮기도 하고 두렵기도 하다. 하지만 언제나 그랬듯 누구도 나에게 정답을 알려 주지는 않을 것이다. 그저 직접 부딪치고 온몸으로 겪어 내는 수밖에.

완벽한 선택에 집착하지 않으면서 나는 나를 만들어 가고 있다. 저지르고 수습하면서, 부딪치고 수정하면서, 선택하고 후회하면서. 어떤 선택에도 확신은 없지만 무엇을 선택하든 이전과는 다른 내가 될 거라는 사실은 분명하다. 직장인이 된 나는 여전히 나를 만들어 가는 과정에 있다.

고백했다 차였다

SNS에서 '최악의 고백법'이라는 웃긴 게시물을 봤다. 사람들이 많은 곳에서 큰 선물을 주거나 화려한 이벤트를 여는 영상이 나왔다. 내가 생각해도 쥐구멍에 숨고 싶은 고백이다. 그런데 어떡하죠. 그 어려운 일을 제가 해냈습니다.

초등학교 3학년 때였나. 엄마를 졸라 커다란 곰 인형이 든 꽃바구니를 준비했다. 그러고는 내가 좋아하는 남자아이에게 직진해 고백했다. 토끼 눈을 하고 바라보던 반 친구들을 기억한다. 용기를 내서 고백했는데 대차게 차였다. 그

후로 결코 SNS에서 감탄할 만한 행동을 하지는 않는다. 하지만 이 작은 마음을 표현했다 차인 적은 몇 번 있다.

나는 내가 좋아하는 것이 중요한 사람이다. 누군가는 나를 좋아하기 때문에, 어쩌다 보니 내 손에 들어왔기 때문에 그 삶을 산다고 한다. 하지만 나는 내가 좋아 죽겠는 삶을 살고 싶었다. 그래서 사랑하는 사람과 일을 찾아 여기저기 방황했고 좋아하는 것에는 일단 쿵 부딪치고 봤다. 어쩜 그리 단순할 수 있었나 싶을 만큼 뒤 한 번 돌아보지 않고 돌진하고는 했다.

이런 나도 한때는 그럭저럭 나쁘지 않은 정도라면 대충 만족하며 살았던 적이 있다. 딱히 좋아하지 않지만 곁에 있는 사람에게, 나와 맞지 않지만 적당히 있어 보이는 상황에 만족하려 했다. 최소한 거절당할 일 없는, 보장이 확실한 삶을 추구했다. 상처받기 두려워 안정 지향적인 선택만 했다. 하지만 좋아하지 않는 것들 속에 둘러싸여 있으며 알게 됐다. 좋아하지 않는 것 역시 상처를 준다는 사실을.

억지로 맺은 인간관계가 주는 피로, 끌리지 않지만 해야 한다기에 매달렸던 성과들. 그 속에서 회의감은 나날이 짙어졌다. 누가 안정적인 선택은 상처받지 않는다 했던가? 아프다. 겁나 아프다. 사랑하지 않는 것들도 내 삶에 들어오는 순간 상처를 준다. 아프지 않기 위해 노력하는 삶은 결국 다른 종류의 아픔을 겪게 한다. 좋아하지 않는 것들로부터 한참 털리고 나서야 나는 내가 좋아하는 것들로부터 상처받는 삶을 선택했다.

여전히 나에게 '애호'는 중요하다. 이 키워드를 중심으로 하루를 채우고 있다. 물론 이따금씩 '내가 무슨 부귀영화를 누리겠다고…….' 같은 생각이 머릿속을 스칠 때도 있다. 나이를 먹으면 먹을수록 좋아하는 것은 마음만으로 얻을 수 있는 게 아님을 깨닫게 될 때, 꿈꾸고 원했던 삶이 실제 내 기대를 충족시키지 못할 때, 주체적인 선택으로 인한 외로움을 스스로 감당해야 할 때 나는 아주 쉽게 위태로워지고는 했다.

그렇지만 이제는 너무 잘 알고 있다. 내가 좋아하지 않는 것들 속에서 나는 행복할 수 없다는 사실을. 또한 내가 좋아하는 것들이 하늘에서 뚝 떨어지는 기적이 없다는 것도.

그렇기에 원하는 삶을 향해 두 발로 걷기를 다시 한번

다짐한다. 몇 번 다친 걸로 좌절하거나 슬퍼하지 말자. 점점 맷집이 생기고 있으니까 그것에 안도하고 용기를 내자. 어쨌든 이 삶을 처음 선택했던 순간보다 조금이라도 나아진 현재에 희망을 가지고 한 발 더 내딛는다.

◦ 에필로그 ◦

너무 작아져
점이 되더라도

"너, 뭐 해?"

조수석에서 쭈그리고 있는 나에게 엄마가 물었다. 그때 우리는 차에 타 있었고, 엄마는 우리가 사는 아파트로 들어가기 위해 운전을 하고 있었다. 창밖으로 익숙한 얼굴의 동갑 남자애들이 보였다. 당시에는 살고 있는 아파트와 부모님의 자동차가 동급생 사이의 은근한 관심거리였는데, 나는 내가 사는 곳과 엄마의 덜컹거리는 자동차를 그 아이들에게 들키고 싶지 않았다.

남자애들이 우리 차와 너무 가까워지기 전에 나는 몸을 최대한 웅크릴 수밖에 없었다. 그들과 눈이 마주치고 싶지 않았다. 다행히 그냥 지나쳤다며 안심했던 순간, 한 남자애

로부터 문자가 왔다.

[방금 너지?]

에라이, 들켰다.

누구나 그럴 테지만, 저마다 남이 몰랐으면 하는 것들이 있다. 나에게 너무도 부끄러운 일들. 아무도 몰랐으면 하는 것들. 집안 사정, 폭식증, 자기혐오, 실패. 누군가에게 들킬까 두려울 때마다 나는 쭈그렸다. 한없이 작아져서 내가 점이 되기를 바랐다. 아무도 모른 채로 사라지기를 바랐다.

쭈글쭈글 내 인생, 언제까지 이렇게 세상의 기준과 스스로의 두려움에 짓눌려야 하는가. 억울해서 승부를 보기 시작했다. 나를 규정짓는 타인의 말에 '선타투 후뚜맞'으로 응징했고, 무너진 감정들을 걷기로 다시 바로 세웠다. 딱히 꿈꿔 본 적 없는 직장인이 되었을 때, 누군가의 언행에 휘둘릴 때, 더 이상 어딜 향해 나아가야 할지 모르겠는 때마다 더욱 열심히 글을 쓰고, 걷고, 방 청소를 했다. 그렇게 나만 아는 복수를 쌓아 갔다.

이런 경험을 쌓아 가면서 나는 조금씩 달라졌다. 마냥 짓눌리지 않기 시작했다. 훌훌 털고 내 갈 길을 가는 의연함도 생겼다. 타인의 행동에 지나치게 의미를 부여했던 습관, 나를 소중히 여기지 않았던 습관에서 점점 벗어났다.

이제는 조금 알 것 같다. 내가 너무 작아져 점이 되더라도 다시 하나씩 그려 나가면 된다는 것을. 지금, 내가 있는 이곳에서.

여전히 원하는 대로 되는 삶보다는 예상치 못한 삶을 살고 있다. 회사에서 통제 불가능한 것들에 한 번씩 놀라고, 상처받기도 하고, 막막한 미래 앞에서 한없이 작아지기도 한다. 잘해 보려 노력했던 관계는 손에 쥔 모래처럼 스르륵 빠져나가기도 하고, 각 잡고 진행했던 작업물은 별다른 성과 없이 버려지기도 한다.

그래도 괜찮다. 삶이 뜻대로 되지 않는다 해서 반드시 불행한 삶을 살게 되는 건 아니니까. 나는 그 안에서 내 태도를 선택할 수 있으니까.

회사에 입사하면서 했던 다짐처럼 '이왕이면' 잘 살고 싶다. 이왕 벌어야 하는 돈이라면 내 삶도 함께 성장하며 벌었으면 좋겠다. 이왕 살 인생이라면 즐겁고 유쾌하게 살고 싶다.

브런치에서 처음 글을 쓰기 시작했을 때 품었던 마음처럼, 출간 계약을 맺고 책을 써 나가며 느꼈던 감각처럼. 앞으로도 적당히 세상과 타협하되 내가 하고 싶은 일, 내가 원하는 삶, 나 자신이 되는 과정은 놓치고 싶지 않다.

살고자 썼던 나의 고백들.

어느 신입사원의 부끄러운 고백.

끝!

여기까지 오느라
수고 많았어.
이제 인생 후반기의
숙제 프린트해서 줄게!
헤윱..
이제 끝이군
인생

모르는 건
죄가 아니다!

신입사원 용어 정리

날짜 관련

- 금일: 오늘
- 작일: 어제
- 명일: 내일
- 익일: 어떤 날을 기준으로 그 다음 날
- 금주: 이번 주
- 차주: 다음 주

업무 관련

- 사수: 직속 선임자로 선배라고 부르기도 함
- 팔로업: 후속 작업. 지시 받은 업무를 지속적으로 확인하고 관리함
- 킥오프: 새로 시작할 프로젝트의 첫 시작을 알리는 모임 및 회의. 킥오프 회의에서는 앞으로 함께 업무를 진행할 팀원들과 방향성을 논의하고, 각자의 역할 분담 등 주요 사안을 분배함
- 포워딩: 전달
- 송부: 보냄
- 컨펌: 확인
- 반려: 결재가 승인되지 않고 되돌아옴
- 재가: 결재권을 가진 사람에게 안건을 허락하여 승인함
- 사안: 중요한 내용이나 문제
- 어레인지: 처리

부록

나의 첫 출간 일기

#1

2021년 12월 9일, 퇴근 후 쉬고 있는데
브런치에서 알림이 왔다.

출간 목적으로 OOO님이 제안을 하였습니다!
자세한 내용은 브런치에 등록하신 이메일을
확인해주세요.
Dec 09 2021

그것은 출간 제안이 담긴 메일이었다..!!!

인생에서 이 정도로 믿을 수 없는 순간은
처음이었다. 나는 너무 기쁜 나머지

담당자님은 내부 회의 진행 후
다시 연락을 주신다고 말씀하셨다.

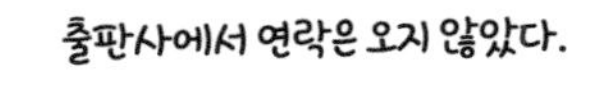

#2

결국 나는 먼저 여쭙기로 결심했다.
날 들뜨게 한 출판사
책임지세요

그제서야 출판이 진행되지 않을 수도 있다는 생각이 들었다.
기회는 또 잡으면 되지~!
흑...
울
엉?!
호기심 세포
긍정 세포
〈꿀별의 세포들〉

이 와중에 다행인 게 있다면 친오빠한테만 자랑했다..! 휴~^^
잘했다 나 자신...!
대 쪽팔릴 뻔...

출판사로부터 답장이 왔다.

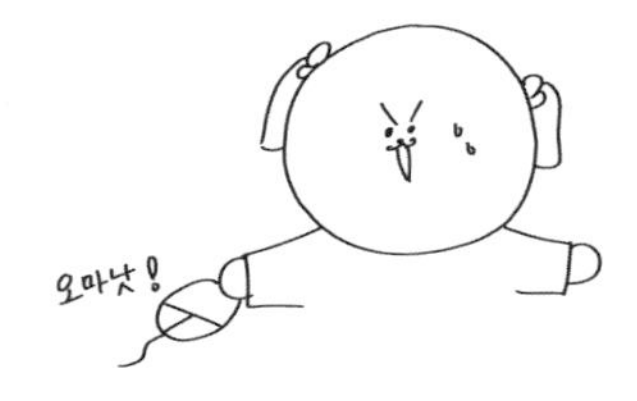

담당자님께서 퇴사하여 답변이 늦어졌던 것..!
그리하여 다시 한번 내게 작업 진행 의사를 물어보셨다.

브런치에서 나는
'일'과 '나'에 대한 글을 써왔다.

직업과 자아에 대한 고민이 깊어진 시대.

우연히 신입사원의 부끄러운 고백을 읽고 크게 공감이 되어 메일을 보냅니다. 1화부터 10화까지 공감이 안 가는 작품이 없었습니다. 모두 저한테 와 닿았습니다.

하기 전 일련의 과정과 생각들이 저와 비슷한 부분이 많아서 글을 써봤습니다. 뿌리 작가님 작품 덕분에 위로를 얻고 갑니다!

나의 글은 누군가에게
필요한 이야기가 되어줄 거라는 확신이 있었다.

얼마 후 미팅이 잡혔다!

> 괜찮으시다면 3월 초쯤 한 번 뵙고 말씀을 나누고 싶습니다.
> 일전에 듣기로는 회사가 ■■이라고 하셨던 것 같은데,
> 편하신 시간이나 장소 알려주시면 맞춰보도록 하겠습니다!
>
> 작가님과 함께 진행할 작업 과정들이 기대됩니다!

#3

-출간 미팅 당일-
오늘 계약 반드시 성공한다
진지의 끝판왕을 보여주지...!
안녕하세요 작가님 ~!

헉! 제가 무슨 작가예요~!
계약서에 도장도 안 찍었는데~!

편집장님을 뵙고
책의 큰 주제와 콘셉트를 이야기했다.
오~ 그렇군요!
어때요? 천재적이죠?!
편집장님
오지..! 굉장히 진지하게 들어주고 계셔!!!(두근)

아주 그냥 신명이 났다.
이건 진짜 편집장님께만 드리는 말이에요!
저에게도 세계관이 있거든요 ~?
오~ 네~
아! 너무 놀라진 마시구 ~

어쩌다 보니 MBTI까지 이야기했다ㅋㅋㅋ
저는 ISTJ 예요
헉! 저는 ENFP인데 ...!
정반대 MBTI... 운명인가? (또 두근..)

작가님과 작업 잘 될 것 같아요

그.. 그럼... 저희
계약하는 건가요?
휙~!

그렇게 성공적인 출간 미팅을 마쳤다!
네!
아이 참~
이 시대의
안목가!!

#4

출간 미팅이 끝나 좋았지만
마음에 남는 것이 하나 있었으니
편집장님 안뇽...

계약!!
도장을 찍기 전까지
인생은 모르는 법...

who are you?
만약 편집장님의 마음이 바뀌시면 어떡하지...

작가님.. 아서
꿀벌씨보다 글 잘쓰는
작가와 가기로 했어요.
아니 편집장님!
저희 MBTI도
반대여서 너무
잘 맞을 거 같은데
왜...!

불안한 마음에 편집장님을
아주 조금 재촉했다.
안녕하세요
편집장님 ~ 켁켁
어우 내 계약서
언제 와 콜록 ~
어머 오타입니다.
카톡!
카톡!

얼마 후, 편집장님께서 등기로 보내주셨는데
주말이 껴서 (체감상) 너무 늦게 왔다...!
나 처음으로
주말이 싫어졌어

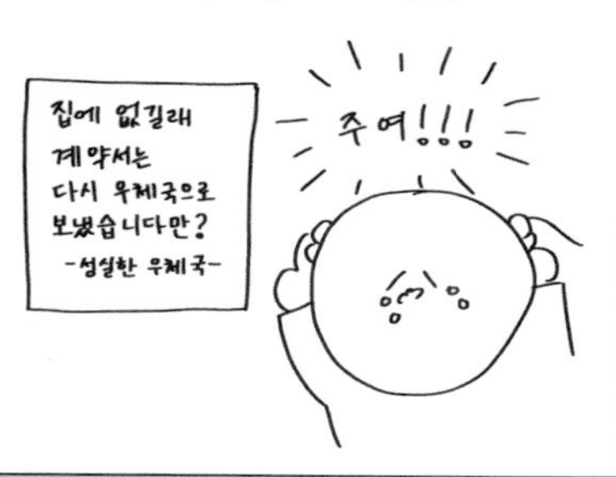
심지어는 한 번 집에 왔다가
다시 우체국으로 가버림...!
집에 없길래
계약서는
다시 우체국으로
보냈습니다만?
-성실한 우체국-
주여!!!

그렇게 산 넘고 들 넘어 내게 온 당신..

혹시...
계약서?
그렇다네

계약서에 사인을 하고 나니 실감이 났다.
글을 쓰는 원고 작업의 시작이다!

작가님

도서명 : 신입사원의 부끄러운 고백(가제)

필 자 : (꿀별)

계약일 : 2022. 3. 11.

#5

원고의 시작은 목차 짜기!
큰 줄기인 챕터는 편집장님과 함께하고
챕터1
챕터2
챕터3
챕터4

세부적인 목차는 작가 혼자 짜야 한다.
헉...! 편집장님 더 안 봐 주시나요?
님 책을 제가 왜?
아 맞네 이거 내 책이지 ;

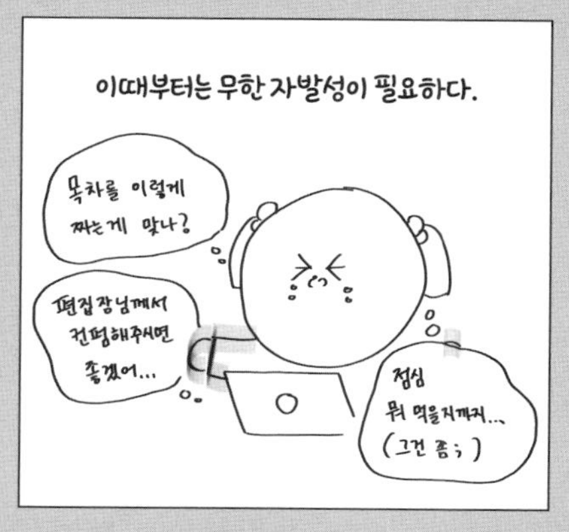

이때부터는 무한 자발성이 필요하다.
목차를 이렇게 짜는게 맞나?
편집장님께서 컨펌해주시면 좋겠어...
점심 뭐 먹을지까지... (그건 좀 ;)

*목차 짤 때 유의할 점
1. 큰 챕터와 세부 목차의 방향성이 맞는가?
손님, 여기는 의류 매장이에요.
식품은 챕터 1로 가주셈

2. 독자가 글의 순서를 이해할 수 있는가?
모르는데 어떻게 이해해요?
꿀벌책
얏홍!

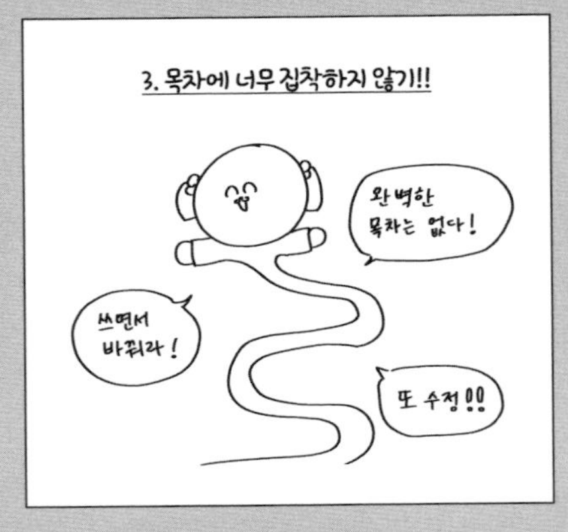
3. 목차에 너무 집착하지 않기!!
완벽한 목차는 없다!
쓰면서 바꿔라!
또 수정!!

이 작업을 위해
주말마다 카페에 갔다.
잠깐만 이건...

평일에는
평범한 회사원
“저를 부르셨습니까?”
데헷-
주말에는 작가?!

역시 마음이 맞는 일은 즐거움을 준다.
이거야 말로 내가 꿈꾸던 삶!
정말 기분 좋군!

#6

출간 미팅을 한 후
가족과 친구들이 매우 기뻐했다.
아유! 아직 계약 전이라
축하받기도 뭐혀~!
작가님~!

그래도 미팅을 한 게 대단해!

헤.. 그런가?
긁적
긁적

그건 그래!!!
생각해보면 대학 때
4대 4 미팅 잡는 것도 드럽게 힘들었어!!
싱글~
벙글~

다들 자신의 일처럼 기뻐해 주니
나도 덩달아 기분이 좋았다.
여-어 친구!
제목은 '신입사원
입니다만' 어때?

무엇보다 주변 사람들이 내 글을 읽는다면
나를 조금 더 이해할 수 있지 않을까?
엥? 그런 걸
한다고?
설마 이것은
챕터 3장의 2번째 글
3번째 문장에 있는
너의 경험에서 비롯된
가치관?
초롱
초롱
못마땅~

-다음 날-
응..?
카톡!

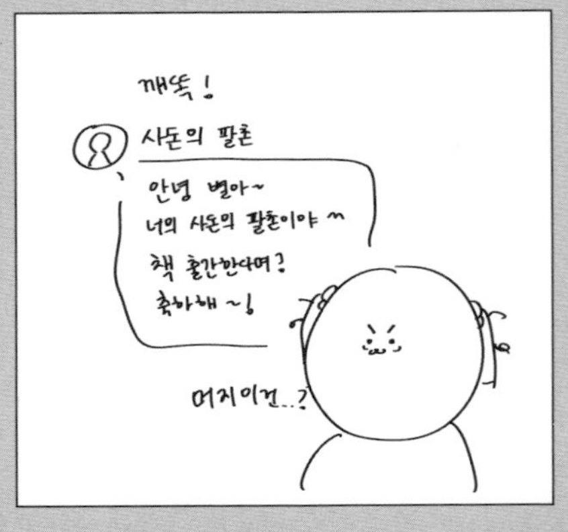
깨똑!
사돈의 팔촌
안녕 별아~
너의 사돈의 팔촌이야 ^^
책 출간한다며?
축하해~!
머지이건..?

물론 나중에는 안 쓸 수가 없게 됐지만..
꿀별아~잘 지내지?
나넌 전에 진로 상담해 준...
따르릉~
꿀별아~
할애비다!
꿀별님!
절 아실련지요^^
친척의 사촌의 먼나라
이웃나라...
카톡!
따르릉~

#7

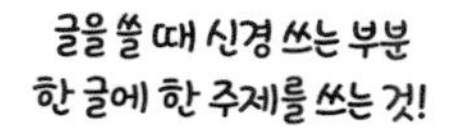

글을 쓸 때 신경 쓰는 부분
한 글에 한 주제를 쓰는 것!

문단 한 개 한 개는
공통 주제를 향한 복선과 같다.

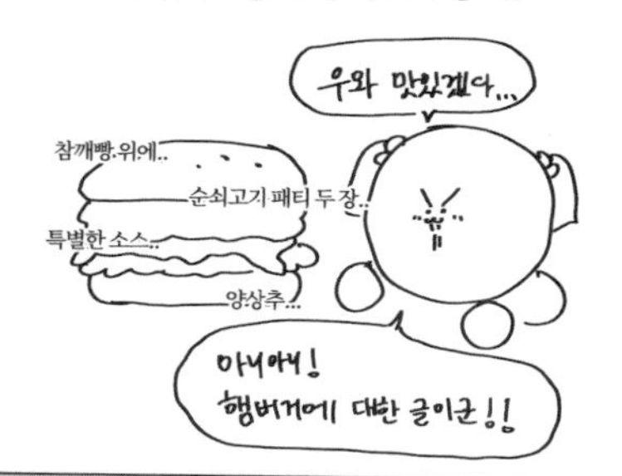

수정하고 새로 짓는 작업의 연속이었다.

종종 글을 잘 쓰고 싶다는 욕심이 생겼는데

Q) 하루 만에 글쓰기 천재 되는 방법

그거 고민할 시간에 쓰기나 하세요.

브런치에 썼던 경험을 상기해 보면
잘 써보겠다고 온갖 기교가 들어간 글보다는

그냥 솔직하고 담백한 글이
더 사랑받았다.

진부하게도 내가 할 수 있는 일은
진심을 담는 것뿐이다.

살면서 느꼈던 두려움과 막막함,
소소한 기쁨과 벅찬 희망들.

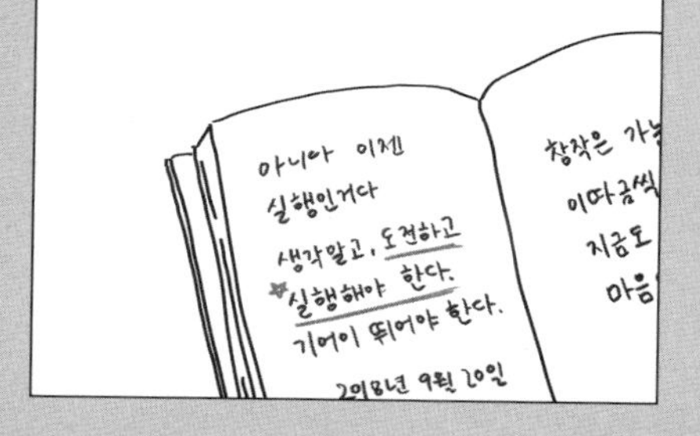

진심을 꾹꾹 눌러 담아 써야겠다.

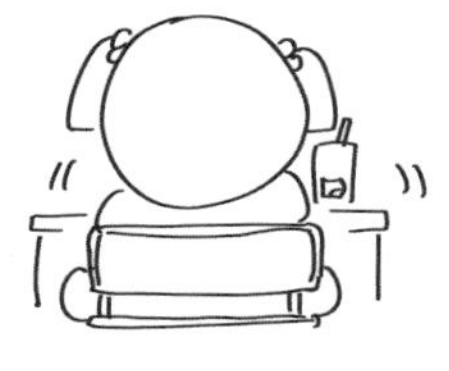

#8

처음엔 지금보다
사실적인 그림을 많이 그렸다.
슥슥~

그땐 자주 힘을 주고 그렸다.
끄응~
부웅~!

힘을 준 그림에 반응이 없으면
그만큼 실망도 컸다.
더 열심히 하지 않아서 그런가..
하루 두시간씩 인체공부를..
영혼을 갈았어야 해 ...

점점 그림을 그리는 일은 부담이 됐다.

그렇게 힘을 쏙 뺀 꿀별 탄생~!

힘을 빼니 숨 쉬듯 그리게 되고
반응에 연연하는 시간도 줄어들었다.

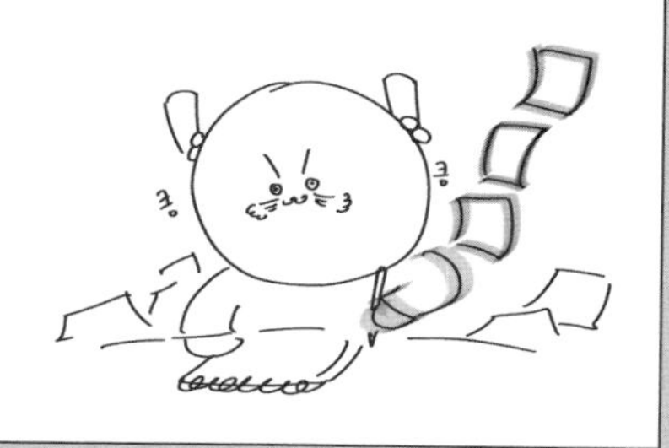

그림 그리는 일이 다시 즐거워졌다.

완벽한 한 방보다
지속가능성을 고민하는 삶.

덕분에 좋아하는 일을
오래 지속할 수 있을 것 같다.

#9

원고 작성이 완료되면
편집장님 ~!

편집장님과 원고 수정 방향을 논의한다.
[원고 내용 중 일부]
나중에는 학과를 "빠꾸쳤다."
이 표현은 작가님의 말투를 살리는 게 좋을까요?
네~ 입에 착~ 감기니까!

그 후 편집자님의 손에 거쳐
[원고 내용 중 일부]
잔뜩 "쫄아버린" 모습이 …
올바른 표기는 '졸아'입니다
'쫄아'가 더 실감 나는데~

조금 더 잘 읽히는 글이 되고

책의 틀이 잡힌다.

이 과정은 거의 공동저자급이었다.

그 사이에 저자 소개도 쓰고
내 이름은 꿀별 작가죠.

책의 제목도 정했다.
보편적인데 특별하고, 심플한데 화려한 제목이 좋죠 ㅎㅎ
익숙한데 낯선 제목은 어떠신지요?

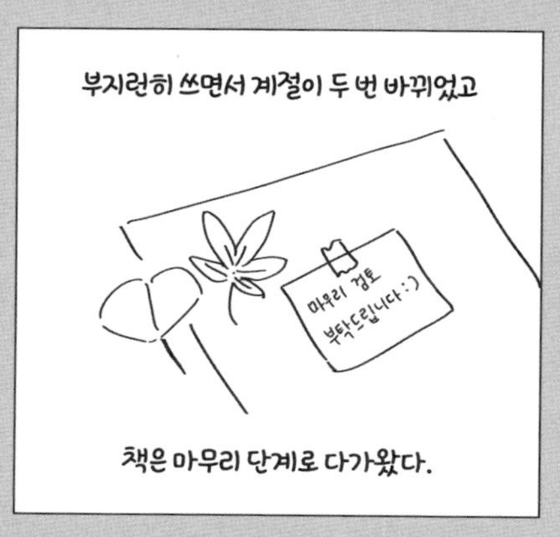
부지런히 쓰면서 계절이 두 번 바뀌었고
마무리 검토 부탁드립니다 :)
책은 마무리 단계로 다가왔다.

#10

책이 완성되니
기분이 어때?

내 인생에 어떤 발자국이 생긴 느낌이야.

시간이 지나도 이 발자국을 보면
만족스러울 것 같아.
내가 꿀별이여!
이 책 봤어?
난 어려서
글을 못 읽는디!!

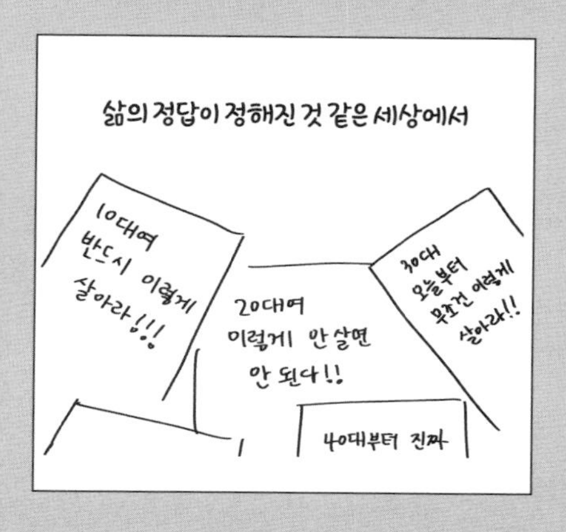
삶의 정답이 정해진 것 같은 세상에서
10대여 반드시 이렇게 살아라!!!
20대여 이렇게 안 살면 안 된다!!
30대 오늘부터 무조건 이렇게 살아라!!
40대부터 진짜

내 안의 소리를 듣고자 했고
들린다 들려!
오늘... 저녁은... 치킨...
두근~

그 과정이 이야기가 됐어.
난 아직도 날 모르겠어..
나도 그래! 이 책 읽어 봐
(저자는 나지만;)

내 책은 당신에게 어떤 의미로 닿을까?

읽는 동안 잠깐이라도 즐거웠다면
그것으로 충분해요.